Rainer Maria Rilke

# In einer Rose steht dein Bett, Geliebte

*Rainer Maria Rilke*

# In einer Rose steht dein Bett, Geliebte

Liebesgedichte

Ausgewählt von Kim Landgraf

Anaconda

Die Deutsche Nationalbibliothek verzeichnet diese Publikation in der Deutschen Nationalbibliographie; detaillierte bibliographische Daten sind im Internet unter http://dnb.d-nb.de abrufbar.


Umschlagmotiv: istockphoto.com / © Spiderplay
Umschlaggestaltung: Druckfrei. Dagmar Herrmann, Köln
Satz und Layout: GEM mbH, Ratingen
Printed in Czech Republic 2014
ISBN 978-3-7306-0130-3
www.anacondaverlag.de
info@anacondaverlag.de

*Früher, wie oft, blieben wir, Stern in Stern,*
*wenn aus dem Sternbild der freiste,*
*jener Sprech-Stern hervortrat und rief.*
*Stern in Stern staunten wir,*
*Er, der Sprecher des Stern-Bilds,*
*ich, meines Lebens Mund,*
*Nebenstern meines Augs.*
*Und die Nacht, wie gewährte sie uns*
*die durchwachte Verständigung.*

## Noch Eines

Auch dem blonden Kinde kam es
in sein Herz, sein waldseereines,
wie das dunkle Ahnen eines
großen Glückes oder Grames.

Und die Mutter ließ das Rädchen
stocken. – »Kind, was macht dich leiden?«
Stürmisch schluchzend schwieg das Mädchen:
doch verstanden sich die beiden.

Kurz darauf: Am Pförtchen pochte
junger Herr. – »Wollt ihr euch?« – Pause. –
Ob! – Wer da noch fragen mochte!? –
So geschahs im alten Hause.

Mir ist so weh, so weh, als müßte
die ganze Welt in Grau vergehn,
als ob mich die Geliebte küßte
und sprach: Auf Nimmerwiedersehn.

Als ob ich tot wär und im Hirne
mir dennoch wühlte wilde Qual,
weil mir vom Hügel eine Dirne
die letzte, blasse Rose stahl ...

Das war der Tag der weißen Chrysanthemen, –
mir bangte fast vor seiner schweren Pracht …
Und dann, dann kamst du mir die Seele nehmen
tief in der Nacht.

Mir war so bang, und du kamst lieb und leise, –
ich hatte grad im Traum an dich gedacht.
Du kamst, und leis wie eine Märchenweise
erklang die Nacht …

Einen Maitag mit dir beisammen sein,
und selbander verloren ziehn
durch der Blüten duftqualmende Flammenreihn
zu der Laube von weißem Jasmin.

Und von dorten hinaus in den Maiblust schaun,
jeder Wunsch in der Seele so still …
Und ein Glück sich mitten in Mailust baun,
ein großes, – das ists, was ich will …

Im Frühling oder im Traume
bin ich dir begegnet einst,
und jetzt gehn wir zusamm durch den Herbsttag,
und du drückst mir die Hand und weinst.

Weinst du ob der jagenden Wolken?
Ob der blutroten Blätter? Kaum.
Ich fühl es: du warst einmal glücklich
im Frühling oder im Traum …

## Pfauenfeder:

In deiner Feinheit sondergleichen,
wie liebte ich dich schon als Kind.
Ich hielt dich für ein Liebeszeichen,
das sich an silberstillen Teichen
in kühler Nacht die Elfen reichen,
wenn alle Kinder schlafen sind.

Und weil Großmütterchen, das gute,
mir oft von Wünschegerten las,
so träumte ich, du Zartgemute,
in deinen feinen Fasern flute
die kluge Kraft der Rätselrute –
und suchte dich im Sommergras.

Lehnen im Abendgarten beide,
lauschen lange nach irgendwo.
»Du hast Hände wie weiße Seide ...«
Und da staunt sie: »Du sagst das so ...«

Etwas ist in den Garten getreten,
und das Gitter hat nicht geknarrt,
und die Rosen in allen Beeten
beben vor seiner Gegenwart.

Einmal möcht ich dich wiederschauen,
Park, mit den alten Lindenalleen,
und mit der leisesten aller Frauen
zu dem heiligen Weiher gehn.

Schimmernde Schwäne in prahlenden Posen
gleiten leise auf glänzendem Glatt,
aus der Tiefe tauchen die Rosen
wie Sagen einer versunkenen Stadt.

Und wir sind ganz allein im Garten,
drin die Blumen wie Kinder stehn,
und wir lächeln und lauschen und warten,
und wir fragen uns nicht, auf wen ...

Wenn wie ein leises Flügelbreiten
sich in den späten Lüften wiegt, –
ich möchte immer weiter schreiten
bis in das Tal, wo tiefgeschmiegt
an abendrote Einsamkeiten
die Sehnsucht wie ein Garten liegt.

Vielleicht darf ich dich dorten finden,
und zage wird dein erstes Mühn
die wehen Wünsche mir verbinden,
du wirst mich führen tief ins Grün –
und heimlich werden weiße Winden
an meinem staubigen Stabe blühn.

Ich mußte denken unverwandt,
wie ich einst zwischen schwarzen Pinien
den tiefen Frühling sinnen fand,
als ich vor deiner Schönheit stand,
und durch der Scheitel dunkle Linien
dein Antlitz träumte wie ein Land.

Es schlich von deiner Lippen Saum
ein Lächeln auf verlornem Pfade –
ganz leis. Die andern merktens kaum.
So weht ein Blatt vom Blütenbaum:
nur Einer schaut die Frühlingsgnade,
und der sie schaut, ist wie im Traum.

Fremd ist, was deine Lippen sagen,
fremd ist dein Haar, fremd ist dein Kleid,
fremd ist, was deine Augen fragen,
und auch aus unsern wilden Tagen
reicht nicht ein leises Wellenschlagen
an deine tiefe Seltsamkeit.

Du bist wie jene Bildgestalten,
die überm leeren Altarspind
noch immer ihre Hände falten,
noch immer alte Kränze halten,
noch immer leise Wunder walten –
wenn längst schon keine Wunder sind.

Du bist so fremd, du bist so bleich.
Nur manchmal glüht auf deinen Wangen
ein hoffnungsloses Heimverlangen
nach dem verlornen Rosenreich.

Dann sehnt dein Auge, tief und klar,
aus allem Müssen, allem Mühen
ins Land, wo nichts als stilles Blühen
die Arbeit deiner Hände war.

Weißt du, ich will mich schleichen
leise aus lautem Kreis,
wenn ich erst die bleichen
Sterne über den Eichen
blühen weiß.

Wege will ich erkiesen,
die selten wer betritt
in blassen Abendwiesen –
und keinen Traum, als diesen:
Du gehst mit.

Bei dir ist es traut:
Zage Uhren schlagen
wie aus weiten Tagen.
Komm mir ein Liebes sagen –
aber nur nicht laut.

Ein Tor geht irgendwo
draußen im Blütentreiben.
Der Abend horcht an den Scheiben.
Laß uns leise bleiben:
Keiner weiß uns so.

Die Nacht holt heimlich durch des Vorhangs Falten
aus deinem Haar vergeßnen Sonnenschein.
Schau, ich will nichts, als deine Hände halten
und still und gut und voller Frieden sein.

Da wächst die Seele mir, bis sie in Scherben
den Alltag sprengt; sie wird so wunderweit:
An ihren morgenroten Molen sterben
die ersten Wellen der Unendlichkeit.

Will dir den Frühling zeigen,
der hundert Wunder hat.
Der Frühling ist waldeigen
und kommt nicht in die Stadt.

Nur die weit aus den kalten
Gassen zu zweien gehn
und sich bei den Händen halten –
dürfen ihn einmal sehn.

Mir ist: ich muß dir den Brautnachtstrauß
weit aus dem Abend bringen.
Ich geh in die goldene Stunde hinaus,
und die Fenster leuchten am letzten Haus,
drin spielende Kinder singen.

Und ich geh an dem einsamen Haus vorbei,
drin singende Kinder wohnen,
und mein Wandern wächst und wächst in den Mai
und kann nicht zurück, – und die Blüten, verzeih,
die wind ich mir alle zu Kronen.

Bist du so müd? Ich will dich leise leiten
aus diesem Lärm, der längst auch mich verdroß.
Wir werden wund im Zwange dieser Zeiten.
Schau, hinterm Wald, in dem wir schauernd
schreiten,
harrt schon der Abend wie ein helles Schloß.

Komm du mit mir. Es solls kein Morgen wissen,
und deiner Schönheit lauscht kein Licht im Haus ...
Dein Duft geht wie ein Frühling durch die Kissen:
Der Tag hat alle Träume mir zerrissen, –
du, winde wieder einen Kranz daraus.

Purpurrote Rosen binden
möcht ich mir für meinen Tisch
und, verloren unter Linden,
irgendwo ein Mädchen finden,
klug und blond und träumerisch.

Möchte seine Hände fassen,
möchte knieen vor dem Kind
und den Mund, den sehnsuchtblassen,
mir von Lippen küssen lassen,
die der Frühling selber sind.

Ein Händeineinanderlegen,
ein langer Kuß auf kühlen Mund,
und dann: auf schimmerweißen Wegen
durchwandern wir den Wiesengrund.

Durch leisen, weißen Blütenregen
schickt uns der Tag den ersten Kuß, –
mir ist: wir wandeln Gott entgegen,
der durchs Gebreite kommen muß.

Du willst dir einen Pagen küren?
Mich komm erküren, Königin.
Mir klingt aus alten Aventüren
ein Sang in Saitenspiel und Sinn.

Ich will ins weiße Schloß dich führen,
in dem ich selber König bin, –
und singen hinter tausend Türen
für meine weiße Königin.

Mir war so weh. Ich sah dich blaß und bang.
Das war im Traum. Und deine Seele klang.

Ganz leise tönte meine Seele mit,
und beide Seelen sangen sich: Ich litt.

Da wurde Friede tief in mir. Ich lag
im Silberhimmel zwischen Traum und Tag.

Wie meine Träume nach dir schrein.
Wir sind uns mühsam fremd geworden,
jetzt will es mir die Seele morden,
dies arme, bange Einsamsein.

Kein Hoffen, das die Segel bauscht.
Nur diese weite, weiße Stille,
in die mein tatenloser Wille
in atemlosem Bangen lauscht.

Und du warst schön. In deinem Auge schien
sich Nacht und Sonne sieghaft zu versöhnen.
Und Hoheit hüllte wie ein Hermelin
dich ein: So kam dich meine Liebe krönen.

Und meine nächteblasse Sehnsucht stand,
weißbindig wie der Vesta Priesterin,
an deines Seelentempels Säulenrand
und streute lächelnd weiße Blüten hin.

Wenn ich dir ernst ins Auge schaute,
klang oft dein Wort so kummerkrank
wie eine leise Liebeslaute,
die einsam einst ein Meister baute,
als seine Seele Sehnsucht sang.

Sie lernte seither leichte Lieder
und tönte gern zu Tag und Tanz, –
da greift ein Träumer ihre Glieder:
und wie erwachend weint sie wieder
das Heimweh ihres Heimatlands.

Ja, früher, wenn ich an dich dachte,
wie Wunder wars: ein Mai erwachte
um dich im Aureolenglanz,
und meine Sehnsucht träumte sachte
um deine Stirne einen Kranz.

Jetzt seh ich dich: du senkst dein Weinen
ins Herz den herbstverhangnen Hainen,
und dir zuseiten, wegentlang,
schleicht an den bleichen Meilensteinen
ein wunder Sonnenuntergang.

Ich ging durch ein Land, durch ein trauriges Land.
Wie auf leerer Wiege ein Wiegenband
lag der blasse Fluß auf dem flachen Sand,
darüber aus nassem Nebelgewand
reckte die Weide die Totenhand.

Mir war so traurig. Ich starrte und stand.
Ich sah dich kauern am Wegesrand.
Einst hab ich dich und das Glück gekannt.
Du weintest wühlend und unverwandt,
und ich fragte dich: Ist das dein Heimatland?

Du nicktest, du nicktest wie traumgebannt ...
Da hab ich dich wieder wie einst genannt;
doch dein Bild zerrann mir, dein Bild entschwand.
Die Pappeln kohlten im Abendbrand,
und der Tod ging rot durch dein Heimatland.

Weißt du, daß ich dir müde Rosen flechte
ins Haar, das leis ein weher Wind bewegt –
Siehst du den Mond, wie eine silberechte
Merkmünze, und ein Bild ist eingeprägt:
ein Weib, das lächelnd dunkle Dornen trägt –
Das ist das Zeichen toter Liebesnächte.

Fühlst du die Rosen auf der Stirne sterben?
Und jede läßt die Schwester schauernd los
und muß allein verdarben und verderben,
und alle fallen fahl in deinen Schoß.
Dort sind sie tot. Ihr Leid war leis und groß.
Komm in die Nacht. Und wir sind Rosenerben.

Kannst du die alten Lieder noch spielen?
Spiele, Liebling. Sie wehn durch mein Weh
wie die Schiffe mit silbernen Kielen,
die nach heimlichen Inselzielen
treiben im leisen Abendsee.

Und sie landen am Blütengestade,
und der Frühling ist dort so jung.
Und da findet an einsamem Pfade
vergessene Götter in wartender Gnade
meine müde Erinnerung.

Wo sind die Lilien aus dem hohen Glas,
die deine Hand zu pflegen nie vergaß?
        Schon tot?
Wo ist die Freude deiner Wangen hin,
die wie ein ganzer Lenz zu prangen schien –
        Verloht?
Und wo ist unser Glück, so groß und rein,
das hell dein Haar wie ein Madonnenschein
        umspann?
Auch das ist tot. Heut weinen wir ihm nach,
und morgen kommt der Frost uns ins Gemach –
        Und dann?

Ich möchte dir ein Liebes schenken,
das dich mir zur Vertrauten macht:
aus meinem Tag ein Deingedenken
und einen Traum aus meiner Nacht.

Mir ist, daß wir uns selig fänden
und daß du dann wie ein Geschmeid
mir löstest aus den müden Händen
die niebegehrte Zärtlichkeit.

Du meine Hohe, weise
mich weiter auf deiner Bahn;
komm und tu mir leise
Wunder um Wunder an.

Ich habe viel gelitten,
vieles starb und brach, –
jetzt geh ich mit blinden Schritten
deinem Leben nach.

Sehr alte Schmerzen rücken
zurück in ein Verzeihn,
mir baun sich goldne Brücken
zu deinem Gütigsein.

Ob auch die Stunden uns wieder entfernen:
wir sind immer beisammen im Traum
wie unter einem aufblühenden Baum.
Wir werden die Worte, die laut sind, verlernen
und von uns reden wie Sterne von Sternen, –
alle lauten Worte verlernen:
wie unter einem aufblühenden Baum.

Ich möchte Purpurstreifen spannen
und möchte füllen bis zum Rand
mit Balsamöl aus Onyxkannen
die Blumenlampen, die entbrannt
im Mittag flammen, und verbrennen
bis wir uns mit dem Namen nennen,
der Sterne ruft und Tage bricht;
die Täler taun, die Winde fallen
den Dingen in den Schoß und allen
ist bang nach deinem Angesicht.

Mein Leben ist wie leise See:
Wohnt in den Uferhäusern das Weh,
wagt sich nicht aus den Höfen.
Nur manchmal zittert ein Nahn und Fliehn:
aufgestörte Wünsche ziehn
darüber wie silberne Möven.

Und dann ist alles wieder still ...
Und weißt du was mein Leben will,
hast du es schon verstanden?
Wie eine Welle im Morgenmeer
will es, rauschend und muschelschwer,
an deiner Seele landen.

Leise ruft der Buchenwald.
Winkt mit seinen jungen Zweigen
weit hinaus ins Wiesenschweigen.

Kommt mein blonder Liebling bald
mir die tiefen Wege zeigen,
wo die Lichter wie Elfen reigen?

Kommt mein blonder Liebling bald?

Grüßend wird meine Seele sich neigen.
Meine Seele ist maieneigen
wie der rufende Buchenwald.

Ich geh dir nach, wie aus der dumpfen Zelle
ein Halbgeheilter schreitet: in der Helle
mit hellen Händen winkt ihm der Jasmin.
Ein Atemholen hebt ihn von der Schwelle, –
er tastet vorwärts: Welle schlägt um Welle
der großbewegte Frühling über ihn.

Ich geh dir nach in tiefem Dirvertrauen.
Ich weiß deine Gestalt durch diese Auen
vor meinen ausgestreckten Händen gehn.
Ich geh dir nach, wie aus des Fiebers Grauen
erschreckte Kinder gehn zu lichten Frauen,
die sie besänftigen und Furcht verstehn.

Ich geh dir nach. Wohin dein Herz mich führe
frag ich nicht nach. Ich folge dir und spüre
wie alle Blumen deines Kleides Saum ..

Ich geh dir nach auch durch die letzte Türe,
ich folge dir auch aus dem letzten Traum ...

Leise hör ich dich rufen
in jedem Flüstern und Wehn.
Auf lauter weißen Stufen,
die meine Wünsche sich schufen,
hör ich dein Zu-mir-gehn.

Jetzt weißt du von dem Gefährten,
und daß er dich liebt ... das macht:
es blühen in seinen Gärten
die lang vom Licht gekehrten
Blüten, blühn über Nacht ...

Das Land ist licht und dunkel ist die Laube,
und du sprichst leise und ein Wunder naht.
Und jedes deiner Worte stellt mein Glaube
als Betbild auf an meinen stillen Pfad.

Ich liebe dich. Du liegst im Gartenstuhle,
und deine Hände schlafen weiß im Schoß.
Mein Leben ruht wie eine Silberspule
in ihrer Macht. Lös meinen Faden los.

Deine Stube mit den kühlen
Rosen in den vielen Vasen,
drinnen wir in tiefen Stühlen
lehnten, leise Lieder lasen –
und mein Auge sehnte zag:

ist die einsame Kapelle,
welche Zuflucht mir bedeutet;
warten will ich an der Schwelle,
bis mir deine Stimme läutet
meinen Lebensfeiertag.

Wir lächeln leis im Abendwind,
wenn sich die Blumen schwankend küssen
und wenn die Vögel müde sind.
Weil wir nicht mit der Sonne müssen,
die breit auf flachen Abendflüssen
aus unsern Wiesentalen rinnt.

Wir bleiben, und wir sehn die Nacht
aufwachsen, weit und Wunder werden,
sehn Berge, Bilder und Gebärden
viel größer als wir je gedacht.
Sehn, was die Blüten nicht ertrügen,
was Vögel erst nach langen Flügen
erreichen würden, stellt sich nah
und was am Morgen schon erstarrt
in Stille ist und Gegenwart,
wir kannten es, als es geschah ...

Unsere Liebe hat keine Gewalten.
So will uns unsere Liebe sehn:
daß wir uns bei den Händen halten
und durch Gesichte und Gestalten
ihrem Garten entgegengehn.

Keine Tore dürfen wir sprängen
auf dem weiten Wandern ins Glück;
aber, wenn uns in Gartengängen
reife Ranken den Weg verhängen,
drängen wir sie zärtlich zurück.

Ich bin so still, du Traute,
und immer schweigen wir.
Du bist eine schlanke Laute,
der Frühling spielt auf dir.

Drum bin ich so still, du Ziere,
weil oft mir Angst geschieht,
daß ich einen Laut verliere
aus deinem lieben Lied.

So milde wie Erinnerung
duften im Zimmer die Mimosen.
Doch unser Glaube steht in Rosen,
und unser großes Glück ist jung.

Sind wir denn schon vom Glück umglänzt?
Nein, uns gehört erst dieses Rufen,
dies Stillestehn auf weißen Stufen,
an die der tiefe Tempel grenzt.

Das Warten an dem Rand des Heut.
Bis uns der Gott der reifen Keime
aus seinem hohen Säulenheime
die Rosen, rot, entgegenstreut.

.. Oft sehn sich unsre Seelen tagelang nicht.
Und meine, dürstend, deine zu entdecken,
will ihre Arme aus dem Alltag strecken,
schaut hinter deines Lachens Rosenhecken
und lugt und lauscht und findet ihren Klang nicht.

Einmal, am Rande des Hains,
stehn wir einsam beisammen
und sind festlich, wie Flammen –
fühlen: *Alles ist Eins.*

Halten uns fest umfaßt;
werden im lauschenden Lande
durch die weichen Gewande
wachsen wie Ast an Ast.

Wiegt ein erwachender Hauch
die Dolden des Oleanders:
sieh, wir sind nicht mehr anders,
und wir wiegen uns auch.

Meine Seele spürt,
daß wir am Tore tasten.
Und sie fragt dich im Rasten:
*Hast Du mich hergeführt?*

Und du lächelst darauf
so herrlich und heiter
und: bald wandern wir weiter:
Tore gehn auf ..

Und wir sind nichtmehr zag,
unser Weg wird kein Weh sein,
wird eine lange Allee sein
aus dem vergangenen Tag.

Fragst du mich: Was war in deinen Träumen,
ehe ich dir meinen Mai gebracht?
War ein Wald. Der Sturm war in den Bäumen
und auf allen Wegen kam die Nacht.

Waren Burgen die in Feuer standen,
waren Männer, die das Schlachtschwert schlugen,
waren Frauen, die in Wehgewanden
Kleinod weinend aus den Toren trugen.

Kinder waren, die an Quellen saßen,
und der Abend kam und sang für sie,
sang solang, bis sie das Heim vergaßen
über seiner süßen Melodie.

Und ob ihr mich von Herd und Heimat triebt
noch eh ich wußte, wie die Winde wehn,
und ob ihr mich von Herd und Heimat triebt,
ich muß im Fernen nicht im Fremden gehn
und muß nicht bang sein; mir kann nichts geschehn,
seit ich begreife, wie mich alles liebt.

Ich hab das ›Ich‹ verlernt und weiß nur: *wir.*
Mit der Geliebten wurde ich zu zwein;
und aus uns beiden in die Welt hinein
und über alles Wesen wuchs das *Wir.*

Und *weil wir Alles sind, sind wir allein.*

Ich schreite einsam weiter. Mir zuhäupten
fühl ich den Frühling in den Zweigen zittern.
Und einmal werde ich mit unbestäubten
Sandalen warten an den Gartengittern.

Und du wirst kommen wenn ich dann dich brauche,
und wirst mein Zaudern nehmen als ein Zeichen,
und wirst mir still vom allerletzten Strauche
die vollen Sommerrosen niederreichen.

.... Und dein Haar, das niederglitt,
nimm es doch dem fremden Winde, –
an die nahe Birke binde
einen kußlang uns damit.

Dann: zu unseren Gelenken
wird kein eigner Wille gehn.
Das, wovon die Zweige schwenken
das, woran die Wälder denken
wird uns auf und nieder wehn.

Näher an das Absichtslose
sehnen wir uns menschlich hin;
laß uns lernen von der Rose
was du bist und was ich bin ...

Mir ist, als ob ich alles Licht verlöre.
Der Abend naht und heimlich wird das Haus;
ich breite einsam beide Arme aus,
und keiner sagt mir, wo ich hingehöre.

Wozu hab ich am Tage alle Pracht
gesammelt in den Gärten und den Gassen,
kann ich dir zeigen nicht in meiner Nacht,
wie mich der neue Reichtum größer macht
und wie mir alle Kronen passen?

Was hilft es denn, daß ich dir aufbewahre
aus meinem Wandern manches Wunderbare,
das ich empfing, und das mir fremd entglitt –
ich will nicht, daß ich Rosen für dich *spare*,
ich will sie jung in deinem jungen Haare,
und wenn ich *wieder* in den Frühling fahre:
dann mußt du mit.

So viele Villen weiß ich jetzt, in denen
kein fremder Fuß die große Stille stört,
so viele Gärten, die sich sonnig sehnen,
mit Abenden, Terrassen und Fontänen,
und manche warme Nacht an Arnolehnen,
die bange ist, weil sie nicht uns gehört.

*Das ist die Sehnsucht: wohnen im Gewoge*
*und keine Heimat haben in der Zeit.*
*Und das sind Wünsche: leise Dialoge*
*täglicher Stunden mit der Ewigkeit.*

*Und das ist Leben. Bis aus einem Gestern*
*die einsamste von allen Stunden steigt,*
*die, anders lächelnd als die andern Schwestern,*
*dem Ewigen entgegenschweigt.*

Ich ließ meinen Engel lange nicht los,
und er verarmte mir in den Armen
und wurde klein, und ich wurde groß:
und auf einmal war ich das Erbarmen,
und er eine zitternde Bitte bloß.

Da hab ich ihm seine Himmel gegeben, –
und er ließ mir das Nahe, daraus er entschwand;
er lernte das Schweben, ich lernte das Leben,
und wir haben langsam einander erkannt ...

Seit mich mein Engel nicht mehr bewacht,
kann er frei seine Flügel entfalten
und die Stille der Sterne durchspalten, –
denn er muß meiner einsamen Nacht
nicht mehr die ängstlichen Hände halten –
seit mich mein Engel nicht mehr bewacht.

Wir sind ganz angstallein,
haben nur aneinander Halt,
jedes Wort wird wie ein Wald
vor unserm Wandern sein.
Unser Wille ist nur der Wind,
der uns drängt und dreht;
weil wir selber die Sehnsucht sind,
die in Blüten steht.

Fürchte dich nicht, sind die Astern auch alt,
streut der Sturm auch den welkenden Wald
in den Gleichmut des Sees, –
die Schönheit wächst aus der engen Gestalt;
sie wurde reif, und mit milder Gewalt
zerbricht sie das alte Gefäß.

Sie kommt aus den Bäumen
in mich und in dich,
nicht um zu ruhn;
der Sommer ward ihr zu feierlich.
Aus vollen Früchten flüchtet sie sich
und steigt aus betäubenden Träumen
arm ins tägliche Tun.

Du siehst, ich will viel.
Vielleicht will ich Alles:
das Dunkel jedes unendlichen Falles
und jedes Steigens lichtzitterndes Spiel.

Es leben so viele und wollen nichts,
und sind durch ihres leichten Gerichts
glatte Gefühle gefürstet.

Aber du freust dich jedes Gesichts,
das dient und dürstet.

Du freust dich Aller, die dich gebrauchen
wie ein Gerät.

Noch bist du nicht kalt, und es ist nicht zu spät,
in deine werdenden Tiefen zu tauchen,
wo sich das Leben ruhig verrät.

Ich bin, du Ängstlicher. Hörst du mich nicht
mit allen meinen Sinnen an dir branden?
Meine Gefühle, welche Flügel fanden,
umkreisen weiß dein Angesicht.
Siehst du nicht meine Seele, wie sie dicht
vor dir in einem Kleid aus Stille steht?
Reift nicht mein mailiches Gebet
an deinem Blicke wie an einem Baum?

Wenn du der Träumer bist, bin ich dein Traum.
Doch wenn du wachen willst, bin ich dein Wille
und werde mächtig aller Herrlichkeit
und ründe mich wie eine Sternenstille
über der wunderlichen Stadt der Zeit.

Lösch mir die Augen aus: ich kann dich sehn,
wirf mir die Ohren zu: ich kann dich hören,
und ohne Füße kann ich zu dir gehn,
und ohne Mund noch kann ich dich beschwören.
Brich mir die Arme ab, ich fasse dich
mit meinem Herzen wie mit einer Hand,
halt mir das Herz zu, und mein Hirn wird schlagen,
und wirfst du in mein Hirn den Brand,
so werd ich dich auf meinem Blute tragen.

Und sieh: ihr Leib ist wie ein Bräutigam
und fließt im Liegen hin gleich einem Bache,
und lebt so schön wie eine schöne Sache,
so leidenschaftlich und so wundersam.
In seiner Schlankheit sammelt sich das Schwache,
das Bange, das aus vielen Frauen kam;
doch sein Geschlecht ist stark und wie ein Drache
und wartet schlafend in dem Tal der Scham.

## Das Lied der Bildsäule

Wer ist es, wer mich so liebt, daß er
sein liebes Leben verstößt?
Wenn einer für mich ertrinkt im Meer,
so bin ich vom Steine zur Wiederkehr
ins Leben, ins Leben erlöst.

Ich sehne mich so nach dem rauschenden Blut;
der Stein ist so still.
Ich träume vom Leben: das Leben ist gut.
Hat keiner den Mut,
durch den ich erwachen will?

Und werd ich einmal im Leben sein,
das mir alles Goldenste giebt, –
– – – – – – – – – – – – – – – –
so werd ich allein
weinen, weinen nach meinem Stein.
Was hilft mir mein Blut, wenn es reift wie der Wein?
Es kann aus dem Meer nicht den Einen schrein,
der mich am meisten geliebt.

## Die Liebende

Ja ich sehne mich nach dir. Ich gleite
mich verlierend selbst mir aus der Hand,
ohne Hoffnung, daß ich Das bestreite,
was zu mir kommt wie aus deiner Seite
ernst und unbeirrt und unverwandt.

... jene Zeiten: O wie war ich Eines,
nichts was rief und nichts was mich verriet;
meine Stille war wie eines Steines,
über den der Bach sein Murmeln zieht.

Aber jetzt in diesen Frühlingswochen
hat mich etwas langsam abgebrochen
von dem unbewußten dunkeln Jahr.
Etwas hat mein armes warmes Leben
irgendeinem in die Hand gegeben,
der nicht weiß was ich noch gestern war.

## Die Braut

Ruf mich, Geliebter, ruf mich laut!
Laß deine Braut nicht so lange am Fenster stehn.
In den alten Platanenalleen
wacht der Abend nicht mehr:
sie sind leer.

Und kommst du mich nicht in das nächtliche Haus
mit deiner Stimme verschließen,
so muß ich mich aus meinen Händen hinaus
in die Gärten des Dunkelblaus
ergießen …

## Die Stille

Hörst du, Geliebte, ich hebe die Hände –
hörst du: es rauscht ...
Welche Gebärde der Einsamen fände
sich nicht von vielen Dingen belauscht?
Hörst du, Geliebte, ich schließe die Lider,
und auch *das* ist Geräusch bis zu dir.
Hörst du, Geliebte, ich hebe sie wieder ...
... aber warum bist du nicht hier.

Der Abdruck meiner kleinsten Bewegung
bleibt in der seidenen Stille sichtbar;
unvernichtbar drückt die geringste Erregung
in den gespannten Vorhang der Ferne sich ein.
Auf meinen Atemzügen heben und senken
die Sterne sich.
Zu meinen Lippen kommen die Düfte zur Tränke,
und ich erkenne die Handgelenke
entfernter Engel.
Nur die ich denke: Dich
seh ich nicht.

## Initiale

Aus unendlichen Sehnsüchten steigen
endliche Taten wie schwache Fontänen,
die sich zeitig und zitternd neigen.
Aber, die sich uns sonst verschweigen,
unsere fröhlichen Kräfte – zeigen
sich in diesen tanzenden Tränen.

## Zum Einschlafen zu sagen

Ich möchte jemanden einsingen,
bei jemandem sitzen und sein.
Ich möchte dich wiegen und kleinsingen
und begleiten schlafaus und schlafein.
Ich möchte der Einzige sein im Haus,
der wüßte: die Nacht war kalt.
Und möchte horchen herein und hinaus
in dich, in die Welt, in den Wald.
Die Uhren rufen sich schlagend an,
und man sieht der Zeit auf den Grund.
Und unten geht noch ein fremder Mann
und stört einen fremden Hund.
Dahinter wird Stille. Ich habe groß
die Augen auf dich gelegt;
und sie halten dich sanft und lassen dich los,
wenn ein Ding sich im Dunkel bewegt.

## Herbsttag

Herr: es ist Zeit. Der Sommer war sehr groß.
Leg deinen Schatten auf die Sonnenuhren,
und auf den Fluren laß die Winde los.

Befiehl den letzten Früchten voll zu sein;
gieb ihnen noch zwei südlichere Tage,
dränge sie zur Vollendung hin und jage
die letzte Süße in den schweren Wein.

Wer jetzt kein Haus hat, baut sich keines mehr.
Wer jetzt allein ist, wird es lange bleiben,
wird wachen, lesen, lange Briefe schreiben
und wird in den Alleen hin und her
unruhig wandern, wenn die Blätter treiben.

## Erinnerung

Und du wartest, erwartest das Eine,
das dein Leben unendlich vermehrt;
das Mächtige, Ungemeine,
das Erwachen der Steine,
Tiefen, dir zugekehrt.

Es dämmern im Bücherständer
die Bände in Gold und Braun;
und du denkst an durchfahrene Länder,
an Bilder, an die Gewänder
wiederverlorener Fraun.

Und da weißt du auf einmal: das war es.
Du erhebst dich, und vor dir steht
eines vergangenen Jahres
Angst und Gestalt und Gebet.

## Herbst

Die Blätter fallen, fallen wie von weit,
als welkten in den Himmeln ferne Gärten;
sie fallen mit verneinender Gebärde.

Und in den Nächten fällt die schwere Erde
aus allen Sternen in die Einsamkeit.

Wir alle fallen. Diese Hand da fällt.
Und sieh dir andre an: es ist in allen.

Und doch ist Einer, welcher dieses Fallen
unendlich sanft in seinen Händen hält.

## Initiale

Gieb deine Schönheit immer hin
ohne Rechnen und Reden.
Du schweigst. Sie sagt für dich: Ich bin.
Und kommt in tausendfachem Sinn,
kommt endlich über jeden.

## Die Blinde

DER FREMDE:
Du bist nicht bang, davon zu sprechen?
DIE BLINDE:
Nein.
Es ist so ferne. Das war eine andre.
Die damals sah, die laut und schauend lebte,
die starb.
DER FREMDE:
Und hatte einen schweren Tod?
DIE BLINDE:
Sterben ist Grausamkeit an Ahnungslosen.
Stark muß man sein, sogar wenn Fremdes stirbt.
DER FREMDE:
Sie war dir fremd?
DIE BLINDE:
– Oder: sie ists geworden.
Der Tod entfremdet selbst dem Kind die Mutter. –
Doch es war schrecklich in den ersten Tagen.
Am ganzen Leibe war ich wund. Die Welt,
die in den Dingen blüht und reift,
war mit den Wurzeln aus mir ausgerissen,
mit meinem Herzen (schien mir), und ich lag
wie aufgewühlte Erde offen da und trank
den kalten Regen meiner Tränen,
der aus den toten Augen unaufhörlich
und leise strömte, wie aus leeren Himmeln,
wenn Gott gestorben ist, die Wolken fallen.
Und mein Gehör war groß und allem offen.
Ich hörte Dinge, die nicht hörbar sind:

die Zeit, die über meine Haare floß,
die Stille, die in zarten Gläsern klang, –
und fühlte: nah bei meinen Händen ging
der Atem einer großen weißen Rose.
Und immer wieder dacht ich: Nacht und: Nacht
und glaubte einen hellen Streif zu sehn,
der wachsen würde wie ein Tag;
und glaubte auf den Morgen zuzugehn,
der längst in meinen Händen lag.
Die Mutter weckt ich, wenn der Schlaf mir schwer
hinunterfiel vom dunklen Gesicht,
der Mutter rief ich: »Du, komm her!
Mach Licht!«
Und horchte. Lange, lange blieb es still,
und meine Kissen fühlte ich versteinen, –
dann wars, als säh ich etwas scheinen:
das war der Mutter wehes Weinen,
an das ich nicht mehr denken will.
Mach Licht! Mach Licht! Ich schrie es oft im Traum:
Der Raum ist eingefallen. Nimm den Raum
mir vom Gesicht und von der Brust.
Du mußt ihn heben, hochheben,
mußt ihn wieder den Sternen geben;
ich kann nicht leben so, mit dem Himmel auf mir.
Aber sprech ich zu dir, Mutter?
Oder zu wem denn? Wer ist denn dahinter?
Wer ist denn hinter dem Vorhang? – Winter?
Mutter: Sturm? Mutter: Nacht? Sag!
Oder: Tag? ... Tag!
Ohne mich! Wie kann es denn ohne mich Tag sein?
Fehl ich denn nirgends?
Fragt denn niemand nach mir?
Sind wir denn ganz vergessen?

*Wir?* ... Aber du bist ja dort;
du hast ja noch alles, nicht?
Um dein Gesicht sind noch alle Dinge bemüht,
ihm wohlzutun.
Wenn deine Augen ruhn
und wenn sie noch so müd waren,
sie können wieder steigen.
... Meine schweigen.
Meine Blumen werden die Farbe verlieren.
Meine Spiegel werden zufrieren.
In meinen Büchern werden die Zeilen verwachsen.
Meine Vögel werden in den Gassen
herumflattern und sich an fremden Fenstern verwunden.
Nichts ist mehr mit mir verbunden.
Ich bin von allem verlassen. –
Ich bin eine Insel.

DER FREMDE:
Und ich bin über das Meer gekommen.

DIE BLINDE:
Wie? Auf die Insel? ... Hergekommen?

DER FREMDE:
Ich bin noch im Kahne.
Ich habe ihn leise angelegt –
an dich. Er ist bewegt:
seine Fahne weht landein.

DIE BLINDE:
Ich bin eine Insel und allein.
Ich bin reich. –
Zuerst, als die alten Wege noch waren
in meinen Nerven, ausgefahren
von vielem Gebrauch:
da litt ich auch.
Alles ging mir aus dem Herzen fort,

ich wußte erst nicht wohin;
aber dann fand ich sie alle dort,
alle Gefühle, das, was ich bin,
stand versammelt und drängte und schrie
an den vermauerten Augen, die sich nicht rührten.
Alle meine verführten Gefühle ...
Ich weiß nicht, ob sie Jahre so standen,
aber ich weiß von den Wochen,
da sie alle zurückkamen gebrochen
und niemanden erkannten.

Dann wuchs der Weg zu den Augen zu.
Ich weiß ihn nicht mehr.
Jetzt geht alles in mir umher,
sicher und sorglos; wie Genesende
gehn die Gefühle, genießend das Gehn,
durch meines Leibes dunkles Haus.
Einige sind Lesende
über Erinnerungen;
aber die jungen
sehn alle hinaus.
Denn wo sie hintreten an meinen Rand,
ist mein Gewand von Glas.
Meine Stirne sieht, meine Hand las
Gedichte in anderen Händen.
Mein Fuß spricht mit den Steinen, die er betritt,
meine Stimme nimmt jeder Vogel mit
aus den täglichen Wänden.
Ich muß nichts mehr entbehren jetzt,
alle Farben sind übersetzt
in Geräusch und Geruch.
Und sie klingen unendlich schön
als Töne.

Was soll mir ein Buch?
In den Bäumen blättert der Wind;
und ich weiß, was dorten für Worte sind,
und wiederhole sie manchmal leis.
Und der Tod, der Augen wie Blumen bricht,
findet meine Augen nicht ...

DER FREMDE *leise*:
Ich weiß.

Sinnend von Legende zu Legende
such ich deinen Namen, helle Frau.
Wie die Nächte um die Sonnenwende,
in die Sterne wachsen ohne Ende,
nimmst du alles in dich auf, Legende,
und umgiebst mich wie ein tiefes Blau.

Aber denen, die dich nicht erfahren,
kann ich, hülflos, nichts versprechen als:
dich aus allen Dingen auszusparen,
so wie man in deinen Mädchenjahren
zeichnete das Weiß des Wasserfalls.

Dies nur will ich ihnen lassen und
mich verbergen unter dem Geringen.
Unrecht tut an dir Kontur und Mund.
Du bist Himmel, tiefer Hintergrund,
sanft umrahmt von deinen liebsten Dingen.

Liebende und Leidende verwehten
wie ein Blätterfall im welken Park.
Aber wie in seidenen Tapeten
hält sich immer noch dein Gehn und Beten,
und die Farben bleiben still und stark.

Alles sieht man: deiner Augen Weide
(und ein Frühlingstag geht darauf vor),
deines Glücks geschontes Stirngeschmeide
und, allein, des Stolzes Vignentor
vor dem weiten Weg in deinem Leide.

Doch auf jedem Bild und nirgends alt
in dem weißen, immer in dem gleichen
Kleide steht, erkennbar ohne Zeichen,
deiner Liebe stillende Gestalt,
schlank geneigt, um etwas hinzureichen.

## Ehe

Sie ist traurig, lautlos und allein.
Sieh, sie leidet. Deine Nächte legten
sich auf ihre leisen leicht erregten
Nächte wie ein stürzendes Gestein.

Hundertmal in deiner dumpfen Gier
warst du ihr Vergeuder und Vergifter;
aber daß du einmal wie ein Stifter
still und dunkel knietest neben ihr
macht dich männlich und geht aus von dir.

## An die Frau Prinzessin M. von B.

Wir *sind* ja. Doch kaum anders als den Lämmern
gehn uns die Tage hin mit Flucht und Schein;
auch uns verlangt, sooft die Wiesen dämmern,
zurückzugehn. Doch treibt uns keiner ein.

Wir bleiben draußen Tag und Nacht und Tag.
Die Sonne tut uns wohl, uns schreckt der Regen;
wir dürfen aufstehn und uns niederlegen
und etwas mutig sein und etwas zag.

Nur manchmal, während wir so schmerzhaft reifen,
daß wir an diesem beinah sterben, dann:
formt sich aus allem, was wir nicht begreifen,
ein Angesicht und sieht uns strahlend an.

.... Und sagen sie das Leben sei ein Traum: das nicht;
nicht Traum allein. Traum ist ein Stück vom Leben.
Ein wirres Stück, in welchem sich Gesicht
und Sein verbeißt und ineinanderflicht
wie goldne Tiere, Königen von Theben
aus ihrem Tod genommen (der zerbricht).

Traum ist Brokat der von dir niederfließt,
Traum ist ein Baum, ein Glanz der geht, ein Laut –;
ein Fühlen das in dir beginnt und schließt
ist Traum; ein Tier das dir ins Auge schaut
ist Traum; ein Engel welcher dich genießt
ist Traum. Traum ist das Wort, das sanften Falles
in dein Gefühl fällt wie ein Blütenblatt
das dir im Haar bleibt: licht, verwirrt und matt –,
hebst du die Hände auf: auch dann kommt Traum,
kommt in sie wie das Fallen eines Balles –;
fast alles träumt –,
du aber trägst das alles.

Du trägst das alles. Und wie trägst du's schön.
So wie mit deinem Haar damit beladen.
Und aus den Tiefen kommt es, von den Höhn
kommt es zu dir und wird von deinen Gnaden ...

Da wo du bist hat nichts umsonst geharrt,
um dich die Dinge nehmen nirgend Schaden,
und mir ist so als hätt ich schon gesehn,
daß Tiere sich in deinen Blicken baden
und trinken deine klare Gegenwart.

Nur wer du bist: das weiß ich nicht. Ich weiß
nur deinen Preis zu singen: Sagenkreis
um eine Seele,
                    Garten um ein Haus,
in dessen Fenstern ich den Himmel sah –.

O so viel Himmel, ziehend, von so nah;
o so viel Himmel über so viel Ferne.

Und wenn es Nacht ist –: wasfür große Sterne
müssen sich nicht in diesen Fenstern spiegeln …

## La Dame à la Licorne

*(Teppiche im Hôtel de Cluny)*

*für Stina Frisell*

Frau und Erlauchte: sicher kränken wir
oft Frauen-Schicksal das wir nicht begreifen.
Wir sind für euch die Immer-noch-nicht-Reifen
für euer Leben, das, wenn wir es streifen
ein Einhorn wird, ein scheues, weißes Tier,

das flüchtet ... und sein Bangen ist so groß,
daß ihr es selber/ wie es schlank entschwindet/
nach vielem Traurigsein erst wiederfindet,
noch immer schreckhaft, warm und atemlos.

Dann bleibt ihr bei ihm, fern von uns, – und mild
gehn durch des Tagwerks Tasten eure Hände;
demütig dienen euch die Gegenstände,
ihr aber wollt nur *diesen* Wunsch gestillt:
daß einst das Einhorn sein beruhigtes Bild
in eurer Seele schwerem Spiegel fände. –

## Tagelied

Jetzt kommen wieder die Pläne,
die ins Weite gehn.
Draußen rufen die Hähne:
die Ferne will entstehn

nach aller dieser Nähe,
die uns zusammenschloß.
Wach auf, damit ich sähe,
was ich so sehr genoß.

Mir geht es noch im Blute,
noch duftet das ganze Haus.
Zu was für Worten ruhte
mein Mund auf deinem aus,

auf deinem guten Munde,
auf deiner beruhigten Brust:
Stunde ging um Stunde,
wir haben es nicht gewußt.

Nun kommen die Geräusche.
Schon rührte sich eine Tür.
Daß es dich nicht enttäusche,
wache mit mir, verspür,

wie es schon weht vom Tage:
da muß ich nun hinaus –
Wache zu mir und sage:
Seh ich traurig aus?

Das dauert nur eine Weile,
mach dir das Herz nicht schwer.
Die Nacht ist, daß man sie teile,
der Tag, daß man ihn vermehr.

Noch ruf ich nicht. Die Nacht ist lang und kühl.
Noch ruf ich dich nicht wieder zu Gestalten.
Wann ist es Zeit, die hohle Hand zu halten
unter ein immer fließendes Gefühl?
Trinkst du es nicht, so geht es in dein Land
vertieft sich drin und tränkt dir dein Gedeihen –

Wie wenn ich, unter Hundertem, mein Herz,
das überhäufte, lebend wiederfände,
und wieder nähm ich es in meine Hände,
es findend unter Hundertem, mein Herz:
und hübe es hinaus aus mir, in das,
was draußen ist, in grauen Morgenregen,
dem Tage hin, der sich auf langen Wegen
besinnt und wandelt ohne Unterlaß,
oder an Abenden, der Nacht entgegen
der nahenden, der klaren Karitas ...

Und hielte es, soweit ich kann, hinein
in Wind und Stille; wenn ich nicht mehr kann,
nimmst du es dann?
Oh nimm es, pflanz es ein!
Nein, wirf es nur auf Felsen, auf Granit,
wohin es fällt; sobald es dir entfallen,
wird es schon treiben und wird Wurzelkrallen
einschlagen in das härteste von allen
Gebirgen, welches sich dem Jahr entzieht.
Und treibt es nicht, ist es nicht jung genug,
wird es allmählich von dem Höhenzug
die Art und Farbe lernen vom Gestein
und wird daliegen unter seinen Splittern,
mit ihm verwachsen und mit ihm verwittern
und mit ihm stehen in den Sturm hinein.

Und willst du's niederlassen in den Grund
der dumpfen Meere, unter Muschelschalen,
wer weiß, ob nicht aus seinem Röhrenmund
ein Tier sich streckt, das dich mit seinen Strahlen
zu fassen sucht und einzuziehen und
mit dir zu schlafen.

..... laß nur irgendwo
es eine Stelle finden und nicht so
im Raume sein, dem deine Sterne kaum
genügen können. Sieh, es fällt im Raum.

Du sollst es ja nicht, wie das Herz von Tieren,
in deiner Hand behalten, Nacht und Tag;
wenn es nur eine Weile drinnen lag!
Du konntest in den dürftigsten Verschlag
die Herzen deiner Heiligen verlieren,
sie blühten drin und brachten dir Ertrag.

.................................

Du freier, unbegreiflicher Verschwender,
da jagst du, wie im Sprung, an mir vorbei.
Du heller Hirsch! Du alter Hundert-Ender!
Und immer wieder wirfst du ein Geweih
von deinem Haupte ab und flüchtest leichter
durch deine Jäger, (wie dich alles trägt!)
sie aber sehen nur, du Unerreichter,
daß hinter dir die Welt zusammenschlägt.

*(Für die junge Gräfin M. zu S.)*

Nun schließe deine Augen: daß wir nun
dies alles so verschließen dürfen
in unsrer Dunkelheit, in unserm Ruhn,
(wie einer, dems gehört).
Bei Wünschen, bei Entwürfen,
bei Ungetanem, das wir einmal tun,
da irgendwo in uns, ganz tief
ist nun auch dies; ist wie ein Brief,
den wir verschließen.

Laß die Augen zu. *Da* ist es nicht,
da ist jetzt nichts, als Nacht;
die Zimmernacht rings um ein kleines Licht,
(du kennst sie gut).
Doch *in* dir ist nun alles dies und wacht –
und trägt dein sanft verschlossenes Gesicht
wie eine Flut …

Und trägt nun dich. Und alles in dir trägt,
und du bist wie ein Rosenblatt gelegt
auf deine Seele, welche steigt.
Warum ist das so viel für uns: *zu sehn*?
Auf einem Felsenrand zu stehn?
Wen meinten wir, indem wir *das* begrüßten,
was vor uns dalag? …
Ja, was war es denn?

Schließ inniger die Augen und erkenn
es langsam wieder: Meer um Meer,
schwer von sich selbst, blau aus sich her
und leer am Rand, mit einem Grund aus Grün.
(Aus welchem Grün? Es kommt sonst nirgends vor ...)
Und plötzlich, atemlos, daraus empor
die Felsen jagend, von so tief, daß sie
im steilen Steigen gar nicht wissen, wie
ihr Steigen enden soll. Auf einmal bricht
es an den Himmeln ab, dort, wo es dicht
von zuviel Himmel ist. Und drüber, sieh,
ist wieder Himmel, und bis weit hinein
in jenes Übermaß: wo ist er nicht?
Strahlen ihn nicht die beiden Klippen aus?
Malt nicht sein Licht das fernste Weiß, den Schnee,
der sich zu rühren scheint und weit hinaus
die Blicke mitnimmt. Und er hört nicht auf,
Himmel zu sein, eh wir ihn atmen.

Schließ, schließ fest die Augen.
War es dies?
Du weißt es kaum. Du kannst es schon nicht mehr
von deinem Innern trennen.
Himmel im Innern läßt sich schwer
erkennen.
Da geht das Herz und geht und sieht nicht her.

Und doch, du weißt, wir können also so
am Abend zugehn, wie die Anemonen,
Geschehen eines Tages in sich schließend,
und etwas größer morgens wieder aufgehn.
Und so zu tun, ist uns nicht nur erlaubt,

das ist es, was wir sollen: Zugehn lernen
über Unendlichem.

(Sahst du den Hirten heut? Der geht nicht zu.
Wie sollte er's? Dem fließt
der Tag hinein und fließt ihm wieder aus
wie einer Maske, hinter der es Schwarz ist ...)

Wir aber dürfen uns verschließen, fest
zuschließen und bei jenen dunkeln Dingen,
die längst schon in uns sind, noch einen Rest
von anderm Unfaßbaren unterbringen,
wie einer, dems gehört.

## Santa Maria a Cetrella

I

Die Kirche ist zu, und mir ist es geschieht
nichts mehr für dich. Bist du drin?
Der dich liebte, dein Eremit,
ging die Zeit mit ihm hin,
  liebe Marie a Cetrella.

Er war nicht mehr da, und sie schlossen dich ein
mit dem Schwarz ohne Licht in dein Haus;
und ich bin so wie du so allein, so allein
und ich rufe dich leise heraus:
  liebe Marie a Cetrella.

Weißt du denn noch von dem Lorbeerbaum,
den er dir im Garten gepflegt;
er steht noch da, jeder Blättersaum
wellend wie windbewegt –
  liebe Marie a Cetrella –

sieh: wie bewegt von dem Frühlingswind
der mitnimmt (gedenkst du wie –)
und ahnst du, wie warm die Kräuter sind:
sie duften als hülfen sie.
  Liebe Marie a Cetrella.

II

Diese Tage schwanken noch. Das Helle
kann sich manchmal wie verscheucht entziehn.
Und ich bringe dir zu deiner Schwelle
einen kleinen Zweig von Ros-marin;

sieh wie rührend blüht er. Aber wir
haben ihm so trüben Sinn gegeben,
daß er uns mit seinem lieben Leben
an den Tod erinnern muß. Auch dir

ist es schwer geworden, ahnungslos
auszustrahlen deine klaren Gnaden,
denn sie haben dir das Herz beladen
mit dem Schicksal, das aus deinem Schoß

unaufhaltsam aufwuchs, bis es nicht
Einem, deinem Sohne, mehr gehörte –:
denn das Angesicht, das er zerstörte,
war viel älter als *sein* Angesicht.

III

Waren Schritte in dem Heiligtume?
Kannst du näher kommen? Bist du nicht
in dein Bild gebunden, wie die Blume,
die nur kommen kann, wenn man sie bricht.

O dann komm bis an die Türe innen
wenn du auch zu öffnen nicht vermagst,

und ich will mein Herz von vorn beginnen
und nichts andres sein als was du sagst.

Denk wir haben es ja schon so schwer,
dich zu fühlen ohne dich zu schauen.
Uns verwirrten alle diese Frauen
die wir liebten, ohne daß sie mehr

als ein Kommen und Vorüberschreiten
uns gewährten. Sag, wer waren sie?
Warum bleibt uns keine je zuseiten
und wo gehn sie alle hin, Marie?

## IV

Täglich auf weiten Wegen
geh ich zu dir (mit Recht):
verschlossen und entlegen
bist du diesem Geschlecht;

*Du,* die einmal inmitten
aller errichtet war;
von zu dir wollenden Schritten
widerhallte das ganze Jahr.

Jetzt ist mein Schritt der eine
und klingt an das stille Ziel.
Ich bin eine kleine Gemeine.
Du bist für mich zu viel.

Ich möchte dir entgegen
halten was rings entsteht
wie einem Frühlingsregen
vor dem ein Schatten geht.

V

Der dich liebte, mit verlegner Pflege
dich umgebend, weißt du noch: ging er
nicht mit dir auf diesem Mittelwege
mittags manchmal langsam hin und her?

Immer an derselben Stelle wendend,
(eine Hand für seine Kranke frei)
fragend, ob der Himmel nicht zu blendend
und die Erde nicht zu steinig sei;

unruhig, wenn er einmal dich verließ
bang gebückt zu seinen neuen Pflanzen, –
während *Du* – vergangen in dem Ganzen –
ohne Sorge warst um alles dies.

VI

Wie eins von den äußersten Kräutern
das weit im Gestein noch gedeiht:
so blühte dein Lächeln und Läutern
weiter, ganz oben im Leid.

In der letzten Leiden
Schrecken und ewigem Schnee.
Wie dürften wir unterscheiden
zwischen Gewährung und Weh

seit du nicht wußtest, wo eines,
wo das andre begann.
Unabwendbar wie Ungemeines
fingen sie beide an;

und wie Übergroßes
gingen sie beide aus,
über deines Schoßes
Dunkelheit hinaus.

## VII

O wie bist du jung in diesem Lande;
Kinder nicken dir vertraulich zu,
und ein Lied von Hirten ist imstande,
*Ewige*, die älter sind als du,
herzurufen zwischen ihre Ziegen;
oder jene Männer rufen sie
während sie die Weingewinde biegen:
einer viel zu großen Melodie
Stücke abgebrochen in sich findend,
um sie dann (im Weinberg weiterbindend)
hinzuschreien wie ein Tier das schrie –.

Und da hörst du draußen Schrei um Schrei
steigen, wo die Wege sich verlieren

und an deinem kleinen Haus vorbei.
Und dein Herz wird bange vor den ihren,

wie du so im spanischen Gewande
an der Türe stehst: mit Schmuck behangen
und bereit, aus diesem fremden Lande
fortzugehn, sobald sie es verlangen.

## Kore

Kore, wie sehnst du dich so
nach den wilden Gängen
in den Felsen die hängen
über dem Drängen des Meeres:
Kore, wie sehnst du dich so.
Dort, an der nahen Gefahr
gehst du sicher, du Blinde,
in die Winde gehüllt
als wär es dein Haar.
Blumen mit einem hellen
Blick der dem deinen gleicht
stehn wo sie keiner erreicht,
haben es leicht
an den schrecklichsten Stellen.
Kore, wer bist du. Wer?
Sind das deine wirklichen Tage?
Was trägst du für eine Sage
zurück in die vage Wildnis
über dem schweren Meer.

Werd ich vergessen? Und wenn irgendwas
viel später zu mir kommt und mich daran
erinnert: werd ich fremdhin fragen –: wann –?
Kann Leben heißen: zu vergessen, daß

mir Seligkeit, endlose unverkürzte
an einem Tage ward der rasch verrann
und daß dein Wesen sich in meines stürzte
aus deinen Augen, da ich kaum begann

dich anzusehn. Ich weiß von dir nicht mehr;
nur kommen mußtest du um jeden Preis,
und eine Stelle in mir ist jetzt leer
für alles das von dir was ich nicht weiß.

## Die Getrennten

Mehr als Verlorene; mir mehr als tot, –
Verwandelte in einen andern Namen,
den ich nicht weiß; der mir nicht einmal droht:
wann war es, daß mir keine Worte kamen
und daß ein Lähmen mir verbot,
dich anzurufen, da du mir zergingst,
die du mich manchmal jetzt, als immer Ferne,
zu dir hinan, so wie zu einem Sterne,
den ich nie sehen werde, ziehst und zwingst.

Wer bist du jetzt in deiner fremden Ehe,
aus der du vielleicht nie hinübersiehst?
Wir haben eins gemeinsam: ich geschehe
in meiner Einsamkeit, und du geschiehst –

Mehr weiß ich nicht von keinem von uns beiden.
Und dennoch ist vielleicht ein Engel, der
es jetzt noch schwer hat, uns zu unterscheiden.
Er aber wird auch wissen, ob wir leiden.

## Der Duft

Wer bist du, Unbegreiflicher: du Geist,
wie weißt du mich von wo und wann zu finden,
der du das Innere (wie ein Erblinden)
so innig machst, daß es sich schließt und kreist.
Der Liebende, der eine an sich reißt,
hat sie nicht nah; nur du allein bist Nähe.
Wen hast du nicht durchtränkt als ob du jähe
die Farbe seiner Augen seist.

Ach, wer Musik in einem Spiegel sähe,
der sähe dich und wüßte, wie du heißt.

Immer noch und wie am ersten Tage
ist uns dies: daß wir nicht sind, zuviel,
und wir heben diese schwere Klage
immer wieder in das Saitenspiel
wenn die Liebesklagen, die wir hoben,
es nicht füllen. Ach sie waren leicht.
Aber diese schwere bleibt nicht oben:
kaum hat sie den Rand erreicht
fällt sie wieder

Ein junges Mädchen: das ist wie ein Stern:
die ganze Erde dunkelt ihm entgegen
und ist ihm aufgetan wie einem Regen,
und niemals trank sie einen seligern.

Ein junges Mädchen: das ist wie ein Schatz,
vergraben neben einer alten Linde;
da sollen Ringe sein und Goldgewinde,
doch keiner ist erwählt, daß er sie finde:
nur eine Sage geht und sagt den Platz.

Ein junges Mädchen: daß wir's niemals sind.
So wenig hat das Sein zu uns Vertrauen.
Am Anfang scheinen wir fast gleich, als Kind,
und später sind wir manchmal beinah Frauen
für einen Augenblick; doch wie verrinnt
das fern von uns, was Mädchen sind und schauen.

Mädchen gewesen sein: daß es das giebt.
Als sagte Eine: einmal war ich dies
und zeigte dir ein Halsband von Türkis
auf welkem Sammte; und man sieht noch, wie's
getragen war, verloren und geliebt.

## Sterne hinter Oliven

Geliebter, den so vieles irre macht,
neig dich zurück bis du im lautern Laube
die Stellen siehst, die Sterne sind. Ich glaube
die Erde ist nicht anders als die Nacht.

Sieh, wie im selbstvergessenen Geäste
das Nächste sich mit Namenlosem mischt;
man zeigt uns dies; man hält uns nicht wie Gäste
die man nur nimmt, erheitert und erfrischt.

Wie sehr wir auch auf diesen Wegen litten,
wir haben nicht den Garten abgenützt,
und Stunden, größere als wir erbitten,
tasten nach uns und gehn auf uns gestützt.

## Griechisches Liebesgespräch

Was ich schon früh als Geliebter erlernte
seh ich dich zürnend, Geliebte, erlernen;
damals war es dir das Entfernte,
jetzt steht in allen Sternen dein Los.

Um deine Brüste werden wir streiten:
seit sie wie glühend beschienen reifen,
wollen auch deine Hände nach ihnen
greifen und sich Freude bereiten.

## Die Liebenden

Sieh, wie sie zu einander erwachsen:
in ihren Adern wird alles Geist.
Ihre Gestalten beben wie Achsen,
um die es heiß und hinreißend kreist.
Dürstende, und sie bekommen zu trinken,
Wache und sieh: sie bekommen zu sehn.
Laß sie ineinander sinken,
um einander zu überstehn.

Vergiß, vergiß und laß uns jetzt nur dies
erleben, wie die Sterne durch geklärten
Nachthimmel dringen; wie der Mond die Gärten
voll übersteigt. Wir fühlten längst schon, wies
spiegelnder wird im Dunkel; wie ein Schein
entsteht, ein weißer Schatten in dem Glanz
der Dunkelheit. Nun aber laß uns ganz
hinübertreten in die Welt hinein
die monden ist –

Fühlst du noch, wie wir allein in Straßen,
aneinander wie die Engel gehn,
nächtens gingen: laß uns solchermaßen
was uns innen hinbewegt verstehn.

Daß es uns zu einem Gehen werde,
das uns, Leichte, weiterreißt,
und dies Seligsein zu einer Erde,
kaum berührt von unserm Gang im Geist.

Sag weißt du Liebesnächte? Treiben nicht
auf deinem Blut Kelchblätter weicher Worte?
Sind nicht an deinem lieben Leibe Orte,
die sich entsinnen wie ein Angesicht?

Bilden die Nächte sich nicht aus dem schmerzlichen Raum
aller der Arme die jäh ein Geliebter verließ.
Ewige Liebende, die überstehn will: ergieß
dich als Quelle, schließ dich als Lorbeerbaum.

Welche Wiesen duften deine Hände?
Fühlst du wie auf deine Widerstände
stärker sich der Duft von draußen stützt.
Drüber stehn die Sterne schon in Bildern.
Gieb mir, Liebe, deinen Mund zu mildern;
ach, dein ganzes Haar ist unbenützt.

Sieh, ich will dich mit dir selbst umgeben
und die welkende Erwartung heben
von dem Rande deiner Augenbraun;
wie mit lauter Liderinnenseiten
will ich dir mit meinen Zärtlichkeiten
alle Stellen schließen, welche schaun.

Du duftest aus dir hinaus,
schon schwindelt von dir den Sternen.
Heute laß mich die Fernen
weghalten und wie ein Haus
warm sein um dich und zu.
[Wohn in mir diese Nacht
wach in mir und gieb acht]

Oh du bist schön.   Wenn auch nicht mir.
Aber du kannst dich nirgends verhalten.
Ich weiß, daß mir deine Augen nicht galten,
aber ich habe mich wie ein Tier
in deine Blicke gelegt.   O du bist schön.

Um die Höhn
deines Leibes kreist
dunkel dein Duft.
Und dein spiegelnder Geist
speist
grundlose Brunnen in dir.
O du bist schön.

Mir ist die Lust
zu Rose und Pfirsich vergangen.
Die Spangen
an deinen Armen sind wärmer.
Ich will keine Vögel mehr fangen.
Ich will ärmer und ärmer
werden für dich: so schön bist du.

Meine Sinne sind mir zu Einem Sinn
verschmolzen an dir.
Ich spüre nur, daß ich zu dir hin
bin –: nimm.   Verlier.

Dein Herz sei wie ein Nest im Unerreichten.
Hilf keinem zu der Wildnis deines Baus,
doch manchmal wirf am Morgen einen leichten
neuflüggen Engel in die Himmel aus.

Du, der ichs nicht sage, daß ich bei Nacht
weinend liege,
deren Wesen mich müde macht
wie eine Wiege.
Du, die mir nicht sagt, wenn sie wacht
meinetwillen:
wie, wenn wir diese Pracht
ohne zu stillen
in uns ertrügen?
– – – – – –
Sieh dir die Liebenden an,
wenn erst das Bekennen begann,
wie bald sie lügen.
– – – – – –
Du machst mich allein. Dich einzig kann ich vertauschen.
Eine Weile bist dus, dann wieder ist es das Rauschen,
oder es ist ein Duft ohne Rest.
Ach, in den Armen hab ich sie alle verloren,
du nur, du wirst immer wieder geboren:
weil ich niemals dich anhielt, halt ich dich fest.

Sieh, Liebende: sie kommen einzeln fast
herüber durch das blumige Gras und langsam;
so fern ist Trennung ihnen, daß sie sich
den Aufwand tun, sich nicht umfaßt zu halten.

## Liebes-Lied

Wie soll ich meine Seele halten, daß
sie nicht an deine rührt? Wie soll ich sie
hinheben über dich zu andern Dingen?
Ach gerne möcht ich sie bei irgendwas
Verlorenem im Dunkel unterbringen
an einer fremden stillen Stelle, die
nicht weiterschwingt, wenn deine Tiefen schwingen.
Doch alles, was uns anrührt, dich und mich,
nimmt uns zusammen wie ein Bogenstrich,
der aus zwei Saiten *eine* Stimme zieht.
Auf welches Instrument sind wir gespannt?
Und welcher Spieler hat uns in der Hand?
O süßes Lied.

## Opfer

O wie blüht mein Leib aus jeder Ader
duftender, seitdem ich dich erkenn;
sieh, ich gehe schlanker und gerader,
und du wartest nur –: wer bist du denn?

Sieh: ich fühle, wie ich mich entferne,
wie ich Altes, Blatt um Blatt, verlier.
Nur dein Lächeln steht wie lauter Sterne
über dir und bald auch über mir.

Alles was durch meine Kinderjahre
namenlos noch und wie Wasser glänzt,
will ich nach dir nennen am Altare,
der entzündet ist von deinem Haare
und mit deinen Brüsten leicht bekränzt.

## Östliches Taglied

Ist dieses Bette nicht wie eine Küste,
ein Küstenstreifen nur, darauf wir liegen?
Nichts ist gewiß als deine hohen Brüste,
die mein Gefühl in Schwindeln überstiegen.

Denn diese Nacht, in der so vieles schrie,
in der sich Tiere rufen und zerreißen,
ist sie uns nicht entsetzlich fremd? Und wie:
was draußen langsam anhebt, Tag geheißen,
ist das uns denn verständlicher als sie?

Man müßte so sich ineinanderlegen
wie Blütenblätter um die Staubgefäße:
so sehr ist überall das Ungemäße
und häuft sich an und stürzt sich uns entgegen.

Doch während wir uns aneinander drücken,
um nicht zu sehen, wie es ringsum naht,
kann es aus dir, kann es aus mir sich zücken:
denn unsre Seelen leben von Verrat.

## Abisag

### I

Sie lag. Und ihre Kinderarme waren
von Dienern um den Welkenden gebunden,
auf dem sie lag die süßen langen Stunden,
ein wenig bang vor seinen vielen Jahren.

Und manchmal wandte sie in seinem Barte
ihr Angesicht, wenn eine Eule schrie;
und alles, was die Nacht war, kam und scharte
mit Bangen und Verlangen sich um sie.

Die Sterne zitterten wie ihresgleichen,
ein Duft ging suchend durch das Schlafgemach,
der Vorhang rührte sich und gab ein Zeichen,
und leise ging ihr Blick dem Zeichen nach –.

Aber sie hielt sich an dem dunkeln Alten
und, von der Nacht der Nächte nicht erreicht,
lag sie auf seinem fürstlichen Erkalten
jungfräulich und wie eine Seele leicht.

### II

Der König saß und sann den leeren Tag
getaner Taten, ungefühlter Lüste
und seiner Lieblingshündin, der er pflag –.

Aber am Abend wölbte Abisag
sich über ihm. Sein wirres Leben lag
verlassen wie verrufne Meeresküste
unter dem Sternbild ihrer stillen Brüste.

Und manchmal, als ein Kundiger der Frauen,
erkannte er durch seine Augenbrauen
den unbewegten, küsselosen Mund;
und sah: ihres Gefühles grüne Rute
neigte sich nicht herab zu seinem Grund.
Ihn fröstelte. Er horchte wie ein Hund
und suchte sich in seinem letzten Blute.

## Die Gazelle

*Gazella Dorcas*

Verzauberte: wie kann der Einklang zweier
erwählter Worte je den Reim erreichen,
der in dir kommt und geht, wie auf ein Zeichen.
Aus deiner Stirne steigen Laub und Leier,

und alles Deine geht schon im Vergleich
durch Liebeslieder, deren Worte, weich
wie Rosenblätter, dem, der nicht mehr liest,
sich auf die Augen legen, die er schließt:

um dich zu sehen: hingetragen, als
wäre mit Sprüngen jeder Lauf geladen
und schösse nur nicht ab, solang der Hals

das Haupt ins Horchen hält: wie wenn beim Baden
im Wald die Badende sich unterbricht:
den Waldsee im gewendeten Gesicht.

## Die Erblindende

Sie saß so wie die anderen beim Tee.
Mir war zuerst, als ob sie ihre Tasse
ein wenig anders als die andern fasse.
Sie lächelte einmal. Es tat fast weh.

Und als man schließlich sich erhob und sprach
und langsam und wie es der Zufall brachte
durch viele Zimmer ging (man sprach und lachte),
da sah ich sie. Sie ging den andern nach,

verhalten, so wie eine, welche gleich
wird singen müssen und vor vielen Leuten;
auf ihren hellen Augen die sich freuten
war Licht von außen wie auf einem Teich.

Sie folgte langsam und sie brauchte lang
als wäre etwas noch nicht überstiegen;
und doch: als ob, nach einem Übergang,
sie nicht mehr gehen würde, sondern fliegen.

## Abschied

Wie hab ich das gefühlt was Abschied heißt.
Wie weiß ichs noch: ein dunkles unverwundnes
grausames Etwas, das ein Schönverbundnes
noch einmal zeigt und hinhält und zerreißt.

Wie war ich ohne Wehr, dem zuzuschauen,
das, da es mich, mich rufend, gehen ließ,
zurückblieb, so als wärens alle Frauen
und dennoch klein und weiß und nichts als dies:

Ein Winken, schon nicht mehr auf mich bezogen,
ein leise Weiterwinkendes –, schon kaum
erklärbar mehr: vielleicht ein Pflaumenbaum,
von dem ein Kuckuck hastig abgeflogen.

## Letzter Abend

*(Aus dem Besitze Frau Nonnas)*

Und Nacht und fernes Fahren; denn der Train
des ganzen Heeres zog am Park vorüber.
Er aber hob den Blick vom Clavecin
und spielte noch und sah zu ihr hinüber

beinah wie man in einen Spiegel schaut:
so sehr erfüllt von seinen jungen Zügen
und wissend, wie sie seine Trauer trügen,
schön und verführender bei jedem Laut.

Doch plötzlich wars, als ob sich das verwische:
sie stand wie mühsam in der Fensternische
und hielt des Herzens drängendes Geklopf.

Sein Spiel gab nach. Von draußen wehte Frische.
Und seltsam fremd stand auf dem Spiegeltische
der schwarze Tschako mit dem Totenkopf.

## Orpheus. Eurydike. Hermes

Das war der Seelen wunderliches Bergwerk.
Wie stille Silbererze gingen sie
als Adern durch sein Dunkel. Zwischen Wurzeln
entsprang das Blut, das fortgeht zu den Menschen,
und schwer wie Porphyr sah es aus im Dunkel.
Sonst war nichts Rotes.

Felsen waren da
und wesenlose Wälder. Brücken über Leeres
und jener große graue blinde Teich,
der über seinem fernen Grunde hing
wie Regenhimmel über einer Landschaft.
Und zwischen Wiesen, sanft und voller Langmut,
erschien des einen Weges blasser Streifen,
wie eine lange Bleiche hingelegt.

Und dieses einen Weges kamen sie.

Voran der schlanke Mann im blauen Mantel,
der stumm und ungeduldig vor sich aussah.
Ohne zu kauen fraß sein Schritt den Weg
in großen Bissen; seine Hände hingen
schwer und verschlossen aus dem Fall der Falten
und wußten nicht mehr von der leichten Leier,
die in die Linke eingewachsen war
wie Rosenranken in den Ast des Ölbaums.
Und seine Sinne waren wie entzweit:
indes der Blick ihm wie ein Hund vorauslief,
umkehrte, kam und immer wieder weit

und wartend an der nächsten Wendung stand, –
blieb sein Gehör wie ein Geruch zurück.
Manchmal erschien es ihm als reichte es
bis an das Gehen jener beiden andern,
die folgen sollten diesen ganzen Aufstieg.
Dann wieder wars nur seines Steigens Nachklang
und seines Mantels Wind was hinter ihm war.
Er aber sagte sich, sie kämen doch;
sagte es laut und hörte sich verhallen.
Sie kämen doch, nur wärens zwei
die furchtbar leise gingen. Dürfte er
sich einmal wenden (wäre das Zurückschaun
nicht die Zersetzung dieses ganzen Werkes,
das erst vollbracht wird), müßte er sie sehen,
die beiden Leisen, die ihm schweigend nachgehn:

Den Gott des Ganges und der weiten Botschaft,
die Reisehaube über hellen Augen,
den schlanken Stab hertragend vor dem Leibe
und flügelschlagend an den Fußgelenken;
und seiner linken Hand gegeben: *sie*.

Die So-geliebte, daß aus einer Leier
mehr Klage kam als je aus Klagefrauen;
daß eine Welt aus Klage ward, in der
alles noch einmal da war: Wald und Tal
und Weg und Ortschaft, Feld und Fluß und Tier;
und daß um diese Klage-Welt, ganz so
wie um die andre Erde, eine Sonne
und ein gestirnter stiller Himmel ging,
ein Klage-Himmel mit entstellten Sternen –:
Diese So-geliebte.

Sie aber ging an jenes Gottes Hand,
den Schritt beschränkt von langen Leichenbändern,
unsicher, sanft und ohne Ungeduld.
Sie war in sich, wie Eine hoher Hoffnung,
und dachte nicht des Mannes, der voranging,
und nicht des Weges, der ins Leben aufstieg.
Sie war in sich. Und ihr Gestorbensein
erfüllte sie wie Fülle.
Wie eine Frucht von Süßigkeit und Dunkel
so war sie voll von ihrem großen Tode,
der also neu war, daß sie nichts begriff.

Sie war in einem neuen Mädchentum
und unberührbar; ihr Geschlecht war zu
wie eine junge Blume gegen Abend,
und ihre Hände waren der Vermählung
so sehr entwöhnt, daß selbst des leichten Gottes
unendlich leise, leitende Berührung
sie kränkte wie zu sehr Vertraulichkeit.

Sie war schon nicht mehr diese blonde Frau,
die in des Dichters Liedern manchmal anklang,
nicht mehr des breiten Bettes Duft und Eiland
und jenes Mannes Eigentum nicht mehr.

Sie war schon aufgelöst wie langes Haar
und hingegeben wie gefallner Regen
und ausgeteilt wie hundertfacher Vorrat.

Sie war schon Wurzel.

Und als plötzlich jäh
der Gott sie anhielt und mit Schmerz im Ausruf
die Worte sprach: Er hat sich umgewendet –,
begriff sie nichts und sagte leise: *Wer?*

Fern aber, dunkel vor dem klaren Ausgang,
stand irgend jemand, dessen Angesicht
nicht zu erkennen war. Er stand und sah,
wie auf dem Streifen eines Wiesenpfades
mit trauervollem Blick der Gott der Botschaft
sich schweigend wandte, der Gestalt zu folgen,
die schon zurückging dieses selben Weges,
den Schritt beschränkt von langen Leichenbändern,
unsicher, sanft und ohne Ungeduld.

## Leda

Als ihn der Gott in seiner Not betrat,
erschrak er fast, den Schwan so schön zu finden;
er ließ sich ganz verwirrt in ihm verschwinden.
Schon aber trug ihn sein Betrug zur Tat,

bevor er noch des unerprobten Seins
Gefühle prüfte. Und die Aufgetane
erkannte schon den Kommenden im Schwane
und wußte schon: er bat um Eins,

das sie, verwirrt in ihrem Widerstand,
nicht mehr verbergen konnte. Er kam nieder
und halsend durch die immer schwächre Hand

ließ sich der Gott in die Geliebte los.
Dann erst empfand er glücklich sein Gefieder
und wurde wirklich Schwan in ihrem Schoß.

## Klage um Antinous

Keiner begriff mir von euch den bithynischen Knaben
(daß ihr den Strom anfaßtet und von ihm hübt ...).
Ich verwöhnte ihn zwar. Und dennoch: wir haben
ihn nur mit Schwere erfüllt und für immer getrübt.

Wer vermag denn zu lieben? Wer kann es? – Noch keiner.
Und so hab ich unendliches Weh getan –.
Nun ist er am Nil der stillenden Götter einer,
und ich weiß kaum welcher und kann ihm nicht nahn.

Und ihr warfet ihn noch, Wahnsinnige, bis in die Sterne,
damit ich euch rufe und dränge: meint ihr den?
Was ist er nicht einfach ein Toter. Er wäre es gerne.
Und vielleicht wäre ihm nichts geschehn.

## Der Tod der Geliebten

Er wußte nur vom Tod was alle wissen:
daß er uns nimmt und in das Stumme stößt.
Als aber sie, nicht von ihm fortgerissen,
nein, leis aus seinen Augen ausgelöst,

hinüberglitt zu unbekannten Schatten,
und als er fühlte, daß sie drüben nun
wie einen Mond ihr Mädchenlächeln hatten
und ihre Weise wohlzutun:

da wurden ihm die Toten so bekannt,
als wäre er durch sie mit einem jeden
ganz nah verwandt; er ließ die andern reden

und glaubte nicht und nannte jenes Land
das gutgelegene, das immersüße –
Und tastete es ab für ihre Füße.

## Lied vom Meer

*Capri. Piccola Marina*

Uraltes Wehn vom Meer,
Meerwind bei Nacht:
  du kommst zu keinem her;
wenn einer wacht,
so muß er sehn, wie er
dich übersteht:
  uraltes Wehn vom Meer,
welches weht
nur wie für Ur-Gestein,
lauter Raum
reißend von weit herein ...

O wie fühlt dich ein
treibender Feigenbaum
oben im Mondschein.

## Die Laute

Ich bin die Laute. Willst du meinen Leib
beschreiben, seine schön gewölbten Streifen:
sprich so, als sprächest du von einer reifen
gewölbten Feige. Übertreib

das Dunkel, das du in mir siehst. Es war
Tullias Dunkelheit. In ihrer Scham
war nicht so viel, und ihr erhelltes Haar
war wie ein heller Saal. Zuweilen nahm

sie etwas Klang von meiner Oberfläche
in ihr Gesicht und sang zu mir.
Dann spannte ich mich gegen ihre Schwäche,
und endlich war mein Inneres in ihr.

## Die Liebende

Das ist mein Fenster. Eben
bin ich so sanft erwacht.
Ich dachte, ich würde schweben.
Bis wohin reicht mein Leben,
und wo beginnt die Nacht?

Ich könnte meinen, alles
wäre noch Ich ringsum;
durchsichtig wie eines Kristalles
Tiefe, verdunkelt, stumm.

Ich könnte auch noch die Sterne
fassen in mir; so groß
scheint mir mein Herz; so gerne
ließ es ihn wieder los

den ich vielleicht zu lieben,
vielleicht zu halten begann.
Fremd, wie niebeschrieben
sieht mich mein Schicksal an.

Was bin ich unter diese
Unendlichkeit gelegt,
duftend wie eine Wiese,
hin und her bewegt,

rufend zugleich und bange,
daß einer den Ruf vernimmt,
und zum Untergange
in einem Andern bestimmt.

## Das Rosen-Innere

Wo ist zu diesem Innen
ein Außen? Auf welches Weh
legt man solches Linnen?
Welche Himmel spiegeln sich drinnen
in dem Binnensee
dieser offenen Rosen,
dieser sorglosen, sieh:
wie sie lose im Losen
liegen, als könnte nie
eine zitternde Hand sie verschütten.
Sie können sich selber kaum
halten; viele ließen
sich überfüllen und fließen
über von Innenraum
in die Tage, die immer
voller und voller sich schließen,
bis der ganze Sommer ein Zimmer
wird, ein Zimmer in einem Traum.

## Schlaf-Mohn

Abseits im Garten blüht der böse Schlaf,
in welchem die, die heimlich eingedrungen,
die Liebe fanden junger Spiegelungen,
die willig waren, offen und konkav,

und Träume, die mit aufgeregten Masken
auftraten, riesiger durch die Kothurne –:
das alles stockt in diesen oben flasken
weichlichen Stengeln, die die Samenurne

(nachdem sie lang, die Knospe abwärts tragend,
zu welken meinten) festverschlossen heben:
gefranste Kelche auseinanderschlagend,
die fieberhaft das Mohngefäß umgeben.

## Persisches Heliotrop

Es könnte sein, daß dir der Rose Lob
zu laut erscheint für deine Freundin: Nimm
das schön gestickte Kraut und überstimm
mit dringend flüsterndem Heliotrop

den Bülbül, der an ihren Lieblingsplätzen
sie schreiend preist und sie nicht kennt.
Denn sieh: wie süße Worte nachts in Sätzen
beisammenstehn ganz dicht, durch nichts getrennt,
aus der Vokale wachem Violett
hindüftend durch das stille Himmelbett –:

so schließen sich vor dem gesteppten Laube
deutliche Sterne zu der seidnen Traube
und mischen, daß sie fast davon verschwimmt,
die Stille mit Vanille und mit Zimmt.

## Schlaflied

Einmal wenn ich dich verlier,
wirst du schlafen können, ohne
daß ich wie eine Lindenkrone
mich verflüstre über dir?

Ohne daß ich hier wache und
Worte, beinah wie Augenlider,
auf deine Brüste, auf deine Glieder
niederlege, auf deinen Mund.

Ohne daß ich dich verschließ
und dich allein mit Deinem lasse
wie einen Garten mit einer Masse
von Melissen und Stern-Anis.

## Der Pavillon

Aber selbst noch durch die Flügeltüren
mit dem grünen regentrüben Glas
ist ein Spiegeln lächelnder Allüren
und ein Glanz von jenem Glück zu spüren,
das sich dort, wohin sie nicht mehr führen,
einst verbarg, verklärte und vergaß.

Aber selbst noch in den Stein-Guirlanden
über der nicht mehr berührten Tür
ist ein Hang zur Heimlichkeit vorhanden
und ein stilles Mitgefühl dafür –,

und sie schauern manchmal, wie gespiegelt,
wenn ein Wind sie schattig überlief;
auch das Wappen, wie auf einem Brief
viel zu glücklich, überstürzt gesiegelt,

redet noch. Wie wenig man verscheuchte:
alles weiß noch, weint noch, tut noch weh –.
Und im Fortgehn durch die tränenfeuchte
abgelegene Allee

fühlt man lang noch auf dem Rand des Dachs
jene Urnen stehen, kalt, zerspalten:
doch entschlossen, noch zusammzuhalten
um die Asche alter Achs.

So wie eine Türe, die nicht zubleibt,
geht im Schlaf mir immer wieder stöhnend
die Umarmung auf. Oh wehe Nächte.

Draußen wird der Garten weich im Mondschein
und die Blüten trüben mir das Fenster
und die Nachtigall ist nicht vergebens.

Ach, ach liegt in der Luft
Ruf offener Liebe. Verhaltet
unter den Schultern den Herz-Geruch;
seid ihr denn Blumen, daß ihr euch aus-
wendet und uns
den besonnenen Raum verwandelt in plötzliche Gärten

Wenn endlich Drang und Stumpfheit sich entzwein
und jetzt in dir, du Kind von unbekannten
Hinglimmenden, die nie mit Flamme brannten,
auf einmal Wärme wird und Feuerschein:

dann Engel sein und nieder, ein beschwingter,
der sich zu dir entschließt und tönt und tut,
und eine Klängefolge unbedingter
Gefühle führen durch dein neues Blut.

Das Selbstverständliche des Paradieses
dir wiederbringen wie ein Wind der bläst,
im Wiesenstilln und im Erklang des Kieses
dir leicht zu wissen geben wie du gehst.

Dir eine Rose zeigen, diese, drüben,
zu weit für uns und doch schon großgeblüht,
und hunderte Verlorene zu üben
in deinem aufgefundenen Gemüt.

Sieh, sieh den Fluß, das Ufer und die Bäume,
den Rücken ruhiger Angler, einen Hund,
ist dies noch Dasein, sind es gute Träume?
Freundschaftlich fließt es in den Hintergrund.

Und dieser Hang ist uns so sanft bereitet:
wir ruhen aus und ahnen daß wir tun,
entzückt daß unser Herz uns überschreitet
und müdgelaufen wie in Kinderschuhn.

Dies ist so *immer*, wo ist eine Stelle
an uns die hingeht, fühle: alles weilt,
und klare Dunkelheit und tiefe Helle
ist ohne Unterschiede ausgeteilt.

Befriedigungen ungezählter Jahre
sind in der Luft, voll Blumen hegt dein Hut
und der Geruch aus deinem reinen Haare
mischt sich mit Welt als wäre alles gut.

Deine Seele sing ich, die an mir erstandene.
Da ich vorüberging stand sie im Zwischenraum
rufend nicht, winkend nicht, nur wie abhandene
Dinge, erblinkend kaum.
Bin ich ein Engel denn, daß ich sie gleich ergriff?
Brenn ich so hell in dem Seitenschiff
meiner Einsamkeit?
Sieh, ich erkannte sie
nahte mich, wandte sie
meinem Gesichte zu.
Seele, unscheinbare
oh, wie du staunend warst,
die du mir offenbarst
das Unausweinbare.
Sprich in der Nacht zu mir –
nicht mit der Rede sprich
(Worte die wissen wir),
aber wir wollen dich
geben an Seiendes
und durch Entzweiendes
mit dir hinübergehn
in ein befreiendes
weilendes Weltgeschehn.
Seele, oh daß ich dich
sänge, du steigende.
Daß ich ein Schweigen um deine schweigende

Mitte erhübe,
daß meine Trübe
zerrisse und Fänge von Licht
dich griffen: oh wisse
das Gleichgewicht, rührende Seele.

## Judith's Rückkehr

Schläfer, schwarz ist das Naß noch an meinen Füßen, ungenau. Tau sagen sie. / Ach, daß ich Judith bin, herkomme von ihm, aus dem Zelt aus dem Bett, austriefend sein Haupt, dreifach trunkenes Blut. Weintrunken, trunken vom Räucherwerk, trunken von mir – und jetzt nüchtern wie Tau. / Niedrig gehaltenes Haupt über dem Morgengras; ich aber oben auf meinem Gang, ich Erhobene. / Plötzlich leeres Gehirn, abfließende Bilder ins Erdreich; mir aber quillend ins Herz alle Breite der Nach-Tat. / Liebende, die ich bin. / Schrecken trieben in mir alle Wonnen zusamm, an mir sind alle Stellen. / Herz, mein berühmtes Herz, schlag an den Gegenwind:

wie ich geh, wie ich geh / und schneller die Stimme in mir, meine, die rufen wird, Vogelruf, vor der Not-Stadt.

## ›An Lou Andreas-Salomé‹

### I

Ich hielt mich überoffen, ich vergaß,
daß draußen nicht nur Dinge sind und voll
in sich gewohnte Tiere, deren Aug
aus ihres Lebens Rundung anders nicht
hinausreicht als ein eingerahmtes Bild;
daß ich in mich mit allem immerfort
Blicke hineinriß: Blicke, Meinung, Neugier.
Wer weiß, es bilden Augen sich im Raum
und wohnen bei. Ach nur zu dir gestürzt,
ist mein Gesicht nicht ausgestellt, verwächst
in dich und setzt sich dunkel
unendlich fort in dein geschütztes Herz.

### II

Wie man ein Tuch vor angehäuften Atem,
nein: wie man es an eine Wunde preßt,
aus der das Leben ganz, in einem Zug,
hinauswill, hielt ich dich an mich: ich sah,
du wurdest rot von mir. Wer spricht es aus,
was uns geschah? Wir holten jedes nach,
wozu die Zeit nie war. Ich reifte seltsam
in jedem Antrieb übersprungner Jugend,
und du, Geliebte, hattest irgendeine
wildeste Kindheit über meinem Herzen.

III

Entsinnen ist da nicht genug, es muß
von jenen Augenblicken pures Dasein
auf meinem Grunde sein, ein Niederschlag
der unermeßlich überfüllten Lösung.
Denn ich *gedenke* nicht, das, was ich *bin*
rührt mich um deinetwillen. Ich erfinde
dich nicht an traurig ausgekühlten Stellen,
von wo du wegkamst; selbst, daß du nicht da bist,
ist warm von dir und wirklicher und mehr
als ein Entbehren. Sehnsucht geht zu oft
ins Ungenaue. Warum soll ich mich
auswerfen, während mir vielleicht dein Einfluß
leicht ist, wie Mondschein einem Platz am Fenster.

Blicke hielten mich hin, Sterne: ich sollte nicht merken
daß du immer nicht kamst

## Erscheinung

Was, heute, drängt dich zurück
in den unruhig wehenden Garten,
durch den ein Schauer von Sonne
eben noch hinlief? Sieh,
wie das Grün hinter ihm sich verernstigt.
Komm! Daß ich könnte wie du
absehn vom Gewichte der Bäume.
(Bräche einer von diesen über den Weg,
schon müßte man Männer
rufen, um ihn zu heben. Was ist
so schwer in der Welt?)
Die vielen Stufen aus Stein
kamst du lauter herab: ich vernahm dich.
Hier wieder klingst du nicht an.
Ich bin allein im Gehör
mit mir, mit dem Wind ... Plötzlich
eine Nachtigall türmt
im geschützten Gebüsch.
Horch, in der Luft, wie es steht,
verfallen oder nicht fertig. Du,
hörst du's mit mir, du –
oder beschäftigt auch jetzt dich die andre
Seite der Stimme, die sich uns abkehrt?
..............................

Perlen entrollen. Weh, riß eine der Schnüre?
Aber was hülf es, reih ich sie wieder: du fehlst mir,
starke Schließe, die sie verhielte, Geliebte.

War es nicht Zeit? Wie der Vormorgen den Aufgang,
wart ich dich an, blaß von geleisteter Nacht;
wie ein volles Theater, bild ich ein großes Gesicht,
daß deines hohen mittleren Auftritts
nichts mir entginge. O wie ein Golf hofft ins Offne
und vom gestreckten Leuchtturm
scheinende Räume wirft; wie ein Flußbett der Wüste,
daß es vom reinen Gebirg bestürze, noch himmlisch,
der Regen, –
wie der Gefangne, aufrecht, die Antwort des einen
Sternes ersehnt, herein in sein schuldloses Fenster;
wie einer die warmen
Krücken sich wegreißt, daß man sie hin an den Altar
hänge, und daliegt und ohne Wunder nicht aufkann:
siehe, so wälz ich, wenn du nicht kommst, mich zu Ende.

Dich nur begehr ich. Muß nicht die Spalte im Pflaster,
wenn sie, armselig, Grasdrang verspürt: muß sie den ganzen
Frühling nicht wollen? Siehe, den Frühling der Erde.
Braucht nicht der Mond, damit sich sein Abbild
im Dorfteich
fände, des fremden Gestirns große Erscheinung? Wie kann
das Geringste geschehn, wenn nicht die Fülle der Zukunft,
alle vollzählige Zeit, sich uns entgegenbewegt?

Bist du nicht endlich in ihr, Unsägliche? Noch eine
Weile,
und ich besteh dich nicht mehr. Ich altere oder dahin
bin ich von Kindern verdrängt ...

.....

komm wann du sollst. Dies alles wird durch mich
hindurchgegangen sein zu deinem Atem.
Ich habs, um deinetwillen, namenlos
lang angesehen mit dem Blick der Armut
und so geliebt als tränkst du es schon ein.

Und doch: bedenk ichs, daß ich dieses, mich,
Gestirne, Blumen und den schönen Wurf
der Vögel aus nachwinkendem Gesträuch,
der Wolken Hochmut und was nachts der Wind
mir antun konnte, mich aus einem Wesen
hinüberwandelnd in ein nächstes, – daß
ich eines nach dem andern, denn ich bins,
bin was der Tränke Rauschen mir im Ohr
zurückließ, bin der Wohlgeschmack, den einst
die schöne Frucht an meinen Lippen ausgab, –
daß ich dies alles, wenn du einmal da bist,
bis rückwärts zu des Kindes niederm Anblick
in Blumenkelche, da die Wiesen hochstehn,
ja bis zu einem Lächeln meiner Mutter
das ich vielleicht, gedrängt von deinem Dasein,
annehme wie Entwendetes –, daß ich
dann unerschöpflich Tag und Nacht soviel
entbehrend angeeignete Natur
hingeben sollte –, wissend nicht, ob das
was in dir aufglüht Meines ist: vielleicht
wirst du nur schöner, ganz aus eigner Schönheit

vom Überfluß der Ruh in deinen Gliedern,
vom Süßesten in deinem Blut, was weiß ich,
weil du dich selbst in deiner Hand erkennst,
weil dir das Haar an deinen Schultern schmeichelt,
weil irgendetwas in der dunkeln Luft
sich dir verständigt, weil du mich vergißt,
weil du nicht hinhörst, weil du eine Frau bist:
wenn ichs bedenke, wie ich Zärtlichkeit
getaucht ins Blut, ins nie von mir erschreckte
lautlose Herzblut so geliebter Dinge
.........
.........

Weißt du nicht, wird der Rotdorn bald
unser Gefühl bemühn?
Leise steigt das Grün.
Plötzlich hebt sich die Blühgestalt.
Ach, da klagen in dir
die du immer ins Zimmer gestellt
viele Blumen.

Überfließende Himmel verschwendeter Sterne
prachten über der Kümmernis. Statt in die Kissen,
weine hinauf. Hier, an dem weinenden schon,
an dem endenden Antlitz,
um sich greifend, beginnt der hin-
reißende Weltraum. Wer unterbricht,
wenn du dort hin drängst,
die Strömung? Keiner. Es sei denn,
daß du plötzlich ringst mit der gewaltigen Richtung
jener Gestirne nach dir. Atme.
Atme das Dunkel der Erde und wieder
aufschau! Wieder. Leicht und gesichtlos
lehnt sich von oben Tiefe dir an. Das gelöste
nachtenthaltne Gesicht giebt dem deinigen Raum.

Bestürz mich, Musik, mit rhythmischem Zürnen!
Hoher Vorwurf, dicht vor dem Herzen erhoben,
das nicht so wogend empfand, das sich schonte.
		Mein Herz: *da:*
sieh deine Herrlichkeit. Hast du fast immer Genüge,
minder zu schwingen? Aber die Wölbungen warten,
die obersten, daß du sie füllst mit orgelndem Andrang.
Was ersehnst du der fremden Geliebten verhaltenes
		Antlitz? –
Hat deine Sehnsucht nicht Atem, aus der Posaune
		des Engels,
der das Weltgericht anbricht, tönende Stürme zu stoßen:
oh, so *ist* sie auch nicht, nirgends, wird nicht geboren,
die du verdorrend entbehrst …

Ich bins, Nachtigall, ich, den du singst,
hier, mir im Herzen, wird diese Stimme Gewalt,
nicht länger vermeidlich

Nun wachen wir mit den Erinnerungen
und halten das Gesicht an das, was war;
flüsternde Süße, die uns einst durchdrungen,
sitzt schweigend neben mit gelöstem Haar

Dich aufdenkend wird mein Wesen erglühter,
meine Adern röten die Nacht.
An meinem Herzen der gerüstete Hüter
klirrt vor Verdacht.   Wacht
dein Gefühl durch die mündigen Sterne herüber?
Gehst du aus unaufhaltsamem Raum

Was, Geliebte, bist
du nicht eine⟨r⟩ unter den Sternen?
Daß ich dächte, du kämst
nach der Abende schwankendem Übergang
sicher herauf,
mir maßlos
Schauendem kenntlich an Ferne und Licht.

Nicht, wie du ihn nennst, wird
er dem Herzen gewaltig.
Liebende: wie du dich rührst
bildest du dringend ihn aus.

Hinter den schuld-losen Bäumen
langsam bildet die alte Verhängnis
ihr stummes Gesicht aus.
Falten ziehen dorthin ...
Was ein Vogel hier aufkreischt,
springt dort als Weh-Zug
ab an dem harten Wahrsagermund.

O und die bald Liebenden
lächeln sich an, noch abschiedslos,
unter und auf über ihnen geht
sternbildhaft ihr Schicksal,
nächtig begeistert.
Noch zu erleben nicht reicht es sich ihnen,
noch wohnt es
schwebend im himmlischen Gang,
eine leichte Figur.

Hinschwindende ganz leicht, eh sie vergehen,
zurückzuhalten mit ein wenig Wink,
aus Abschiednehmen und Nicht-wiedersehen
ein Ding zu machen, so, daß dieses Ding
verschwendend lächelt und sich auf den Zehen
hinüberhebt um dem, was schon verging,
leis beizuwohnen (: Rosen und Ideen –)

Ist Schmerz, sobald an eine neue Schicht
die Pflugschar reicht, die sicher eingesetzte,
ist Schmerz nicht gut? Und welches ist der letzte,
der uns in allen Schmerzen unterbricht?

Wieviel ist aufzuleiden. Wann war Zeit,
das andre, leichtere Gefühl zu leisten?
Und doch erkenn ich, besser als die meisten
einst Auferstehenden, die Seligkeit.

Wie das Gestirn, der Mond, erhaben, voll Anlaß,
plötzlich die Höhn übertritt, die entworfene Nacht
gelassen vollendend: siehe: so steigt mir
rein die Stimme hervor aus Gebirgen des Nichtmehr.
Und die Stellen, erstaunt, an denen du dawarst und
fortkamst,
schmerzen klarer dir nach.

Daß nicht dieses länger vor mir sei,
dem versagend, ich mich rückwärts zügel:
Wege, offne, Himmel, reine Hügel,
keinem lieben Angesicht vorbei.

Ach die Pein der Liebesmöglichkeiten
hab ich Tag und Nächte hingespürt:
zu einander flüchten, sich entgleiten,
keines hat zur Freudigkeit geführt.

Nicht die Nächte waren irgend süßer,
als, entfernt, die große Nacht allein,
plötzlich wieder in dem Blick der Büßer
schien das nun Geteilte heil zu sein.

An der Hingeschlafnen, Liebevollen
gab man innen sich der Trennung hin.
O die Kränkung an dem süßen Wollen
der gewillten Schläferin.

Jedes Ding, das einen einsam kannte,
staunte her, als ob man es verstieß, –
jetzt erst weiß man, wie die Kerze brannte,
wenn man sie aus Sehnsucht brennen ließ.

Atmete ich nicht aus Mitternächten,
daß du kämest einst, um deinetwillen,
solche Flutung?
Weil ich hoffte, mit fast ungeschwächten
Herrlichkeiten dein Gesicht zu stillen,
wenn es in unendlicher Vermutung
einmal gegen meinem über ruht.
Lautlos wurde Raum in meinen Zügen;
deinem großen Aufschaun zu genügen,
spiegelte, vertiefte sich mein Blut.

Wenn mich durch des Ölbaums blasse Trennung
Nacht mit Sternen stärker überwog,
stand ich aufwärts, stand und bog
mich zurück und lernte die Erkennung,
die ich später nie auf dich bezog.

O was ward mir Ausdruck eingesät,
daß ich, wenn dein Lächeln je gerät,
Weltraum auf dich überschaue.
Doch du kommst nicht, oder kommst zu spät.
Stürzt euch, Engel, über dieses blaue
Leinfeld. Engel, Engel, mäht.

Einmal nahm ich zwischen meine Hände
dein Gesicht. Der Mond fiel darauf ein.
Unbegreiflichster der Gegenstände
unter überfließendem Gewein.

Wie ein williges, das still besteht,
beinah war es wie ein Ding zu halten.
Und doch war kein Wesen in der kalten
Nacht, das mir unendlicher entgeht.

O da strömen wir zu diesen Stellen,
drängen in die kleine Oberfläche
alle Wellen unsres Herzens,
Lust und Schwäche,
und wem halten wir sie schließlich hin?

Ach dem Fremden, der uns mißverstanden,
ach dem andern, den wir niemals fanden,
denen Knechten, die uns banden,
Frühlingswinden, die damit entschwanden,
und der Stille, der Verliererin.

Wenn ich so an deinem Antlitz zehre
wie die Träne an dem Weinenden,
meine Stirne, meinen Mund vermehre
um die Züge, die ich an dir kenn,
[mein ich über jene Ähnlichkeiten
die uns trennen, weil sie doppelt sind
eine reine Gleichung auszubreiten,]

O von Gesicht zu Gesicht
welche Erhebung.
Aus den Schuldigen bricht
Verzicht und Vergebung.

Wehen die Nächte nicht kühl,
herrlich entfernte,
die durch Jahrtausende gehn.
Hebe das Feld von Gefühl.
Plötzlich sehn
Engel die Ernte.

## Die Getrennten

Immer noch verlieren die Getrennten,
was sie ganz nicht faßten, Ding um Ding,
da sie zitternd ihre Zeit umfing.
Ach es brach aus allen Elementen.
Und, ganz hoch, der Flug der wilden Enten,
der durch *ihre* Himmel ging.

Wo vermöchte einer aufzuleben
Flut und Einfluß einer Liebes-Zeit?
Denn allein schon das, von weit,
erste Zueinanderschweben
kannte keine Fülle neben
seiner vollen Herrlichkeit.

Und so bleiben, die sich nicht mehr trugen,
sich verlierend älter im Verlust:
immer weiter rinnt durch alle Fugen
unbekanntes Glück aus ihrer Brust.

Mensch ist der, der grenzenlos verliert:
aus dem Blicke, aus dem Schluß der Hände
und aus seiner armen Wände
unbeteiligtem Geviert.

Leicht verführt sich der Gott zur Umarmung. Ihn triebe
Duft eines Lächelns in den erschrockenen Schoß.
Die uns steigend bestürzt, die entzückte, die Liebe
ist immer völlig in ihm. Unendliches Los
jener, zu denen er sich wie ein Morgen entschließt,
überall anbricht für sie und sie strahlend genießt.

Wolke er wühlte aus dir, und heftig und blinkend
fiel sein Inhalt im Gold. Und wie zürnig im Stier
nahm der Wagende zu; blind im Gefieder ertrinkend
eines schlagenden Schwans entließ er an ihr
Ströme des Daseins, überzählige Sterne
schleudernd ins scheue Bereich, und Geschlechter der Ferne.
..........

In sich blätternder Hain,
einzelnes menschliches Leben,
kannst du es näher umgeben?
kannst du ihm inniger sein
als eine Liebende? Ach.
Weinend durchwandelt dich einer –
sei ihm befreundet, du reiner,
sei ihm geneigter, gieb nach.

Du im Voraus
verlorne Geliebte, Nimmergekommene,
nicht weiß ich, welche Töne dir lieb sind.
Nicht mehr versuch ich, dich, wenn das Kommende wogt,
zu erkennen. Alle die großen
Bilder in mir, im Fernen erfahrene Landschaft,
Städte und Türme und Brücken und un-
vermutete Wendung der Wege
und das Gewaltige jener von Göttern
einst durchwachsenen Länder:
steigt zur Bedeutung in mir
deiner, Entgehende, an.

Ach, die Gärten bist du,
ach, ich sah sie mit solcher
Hoffnung. Ein offenes Fenster
im Landhaus –, und du tratest beinahe
mir nachdenklich heran. Gassen fand ich, –
du warst sie gerade gegangen,
und die Spiegel manchmal der Läden der Händler
waren noch schwindlich von dir und gaben erschrocken
mein zu plötzliches Bild. – Wer weiß, ob derselbe
Vogel nicht hinklang durch uns
gestern, einzeln, im Abend?

## Die große Nacht

Oft anstaunt ich dich, stand an gestern begonnenem
Fenster,
stand und staunte dich an. Noch war mir die neue
Stadt wie verwehrt, und die unüberredete Landschaft
finsterte hin, als wäre ich nicht. Nicht gaben die nächsten
Dinge sich Müh, mir verständlich zu sein. An der Laterne
drängte die Gasse herauf: ich sah, daß sie fremd war.
Drüben – ein Zimmer, mitfühlbar, geklärt in der Lampe –,
schon nahm ich teil; sie empfandens, schlossen die Läden.
Stand. Und dann weinte ein Kind. Ich wußte die Mütter
rings in den Häusern, was sie vermögen –, und wußte
alles Weinens zugleich die untröstlichen Gründe.
Oder es sang eine Stimme und reichte ein Stück weit
aus der Erwartung heraus, oder es hustete unten
voller Vorwurf ein Alter, als ob sein Körper im Recht sei
wider die mildere Welt. Dann schlug eine Stunde –,
aber ich zählte zu spät, sie fiel mir vorüber. –
Wie ein Knabe, ein fremder, wenn man endlich ihn
zuläßt,
doch den Ball nicht fängt und keines der Spiele
kann, die die andern so leicht an einander betreiben,
dasteht und wegschaut, – wohin –?: stand ich und
plötzlich,
daß *du* umgehst mit mir, spielest, begriff ich, erwachsene
Nacht, und staunte dich an. Wo die Türme
zürnten, wo abgewendeten Schicksals
eine Stadt mich umstand und nicht zu erratende Berge
wider mich lagen, und im genäherten Umkreis

hungernde Fremdheit umzog das zufällige Flackern
meiner Gefühle –: da war es, du Hohe,
keine Schande für dich, daß du mich kanntest. Dein Atem
ging über mich. Dein auf weite Ernste verteiltes
Lächeln trat in mich ein.

Hebend die Blicke vom Buch, von den nahen zählbaren Zeilen,
in die vollendete Nacht hinaus:
o wie sich sternegemäß die gedrängten Gefühle verteilen,
so als bände man auf,
einen Bauernstrauß:

Jugend der leichten und neigendes Schwanken der schweren
und der zärtlichen zögernder Bug –.
Überall Lust zu Bezug und nirgends Begehren;
Welt zu viel und Erde genug.

Flutet mir in diese trübe Reise
Deines Herzens warme Bahn entgegen?
Nur noch Stunden und ich werde leise
meine Hände in die Deinen legen:
o wie lange ruhten sie nicht aus.
Kannst Du Dir denn denken, daß ich Jahre
so: ein Fremder unter Fremden fahre?
Und nun endlich nimmst Du mich nach Haus.

Siehst du, selbst um das Gestirn zu schauen,
brauchts ein kleines irdisches Beruhn,
denn Vertrauen kommt nur aus Vertrauen,
Alles Wohltun ist ein *Wieder*tun.
Ach die Nacht verlangte nichts von mir.
Doch wenn ich mich zu den Sternen kehrte,
der Versehrte an das Unversehrte:
Worauf stand ich? War ich hier?

Ach wie Wind durchging ich die Gesträuche,
jedem Haus entdrang ich wie ein Rauch,
wo sich andre freuten in Gebräuche
blieb ich strenge wie ein fremder Brauch.
Meine Hände gingen schreckhaft ein
in der andern schicksalvolle Schließung;
Alle, alle *mehrte* die Ergießung:
und ich konnte nur *vergossen* sein

Oh wie fühl ich still zu dir hinüber,
oh wie gehen mir von deinem Bild
steigende Gefühle flutend über.
Ungeheuer ist mein Herz gewillt.

In dem Raume, den ich in mich schaute
aus dem Weltraum und dem Wind am Meer,
gehst du, unbegreifliche Vertraute,
wie sein eigenstes Geschöpf umher.

Nun erst schließ ich, ach nach wieviel Zeiten
meine Augen über mir; nun mag
keine Sehnsucht mehr mich überschreiten;
denn vollendeter wird Nacht und Tag.

Schau ich aber leise auf, so heilt
mir die Welt am milderen Gesichte –,
oh so war ja doch: daß ich verzichte,
allen Engeln noch nicht mitgeteilt.

Oh wie schälst du mein Herz aus den Schalen des Elends.
Was verriet dir im schlechten Gehäus den erhaltenen Kern?
Der süß wie Gestirn, weltsüß, mir im Inneren ansteht.
Ach, da ich litt, befiel ihn ein schläferndes Wachstum,
da mir das Leiden schweigend die Glieder zerbrach
schlief mir im Herzen ein Herz, ein künftiges, schuldlos.
Eines, oh sieh: noch weiß ich nicht welches, noch rat ichs,
dieses vermutete Herz. Ihm galten die Sterne
die ich dem trüberen gab. Oh sei ihm hinüber
durch meine bange Natur. Sei ihm verständigt. Erkenns.
Rufs. Du Erstaunende, rufs. Stell ihm ein kleines
Lächeln zunächst, daß es sich rührt von dem Schein;
neig ihm dein schönes Gesicht: den Raum des Erwachens
daß es sich wundert in Dir und sich des Morgens gewöhnt.

Dich zu fühlen bin ich aus den leichten
Kreisen meiner Fühlungen gestiegen
und jetzt soll mich täglich im Erreichten
Trauer großer Nähe überwiegen,
dieses hülflos menschliche Gewicht.

## ›Man muß sterben weil man sie kennt‹

*(›Papyrus Prisse‹. Aus den Sprüchen des Ptah-hotep, Handschrift um 2000 v. Ch.)*

›Man muß sterben weil man sie kennt.‹ Sterben
an der unsäglichen Blüte des Lächelns. Sterben
an ihren leichten Händen. Sterben
an Frauen.

Singe der Jüngling die tödlichen,
wenn sie ihm hoch durch den Herzraum
wandeln. Aus seiner blühenden Brust
sing er sie an:
unerreichbare! Ach, wie sie fremd sind.
Über den Gipfeln
seines Gefühls gehn sie hervor und ergießen
süß verwandelte Nacht ins verlassene
Tal seiner Arme. Es rauscht
Wind ihres Aufgangs im Laub seines Leibes. Es glänzen
seine Bäche dahin.

Aber der Mann
schweige erschütterter. Er, der
pfadlos die Nacht im Gebirg
seiner Gefühle geirrt hat:
schweige.

Wie der Seemann schweigt, der ältere,
und die bestandenen
Schrecken spielen in ihm wie in zitternden Käfigen.

Heute will ich dir zu Liebe Rosen
fühlen, Rosen fühlen dir zu Liebe,
dir zu Liebe heute lange lange
nicht gefühlte Rosen fühlen: Rosen.

Alle Schalen sind gefüllt; sie liegen
in sich selber, jede hundert Male, –
wie von Talen angefüllte Tale
liegen sie in sich und überwiegen.

So unsäglich wie die Nacht
überwiegen sie den Hingegebnen,
wie die Sterne über Ebnen
überstürzen sie mit Pracht.
Rosennacht, Rosennacht.

Nacht aus Rosen, Nacht aus vielen vielen
hellen Rosen, helle Nacht aus Rosen,
Schlaf der tausend Rosenaugenlider:
heller Rosen-Schlaf, ich bin dein Schläfer.

Heller Schläfer deiner Düfte; tiefer
Schläfer deiner kühlen Innigkeiten.
Wie ich mich dir schwindend überliefer
hast du jetzt mein Wesen zu bestreiten;

sei mein Schicksal aufgelöst
in das unbegreifliche Beruhen,

und der Trieb, sich aufzutuen,
wirke, der sich nirgends stößt.

Rosenraum, geboren in den Rosen,
in den Rosen heimlich auferzogen,
und aus offnen Rosen zugegeben
groß wie Herzraum: daß wir auch nach draußen
fühlen dürfen in dem Raum der Rosen.

Ausgesetzt auf den Bergen des Herzens. Siehe, wie klein dort,
siehe: die letzte Ortschaft der Worte, und höher,
aber wie klein auch, noch ein letztes
Gehöft von Gefühl. Erkennst du's?
Ausgesetzt auf den Bergen des Herzens. Steingrund
unter den Händen. Hier blüht wohl
einiges auf; aus stummem Absturz
blüht ein unwissendes Kraut singend hervor.
Aber der Wissende? Ach, der zu wissen begann
und schweigt nun, ausgesetzt auf den Bergen des Herzens.
Da geht wohl, heilen Bewußtseins,
manches umher, manches gesicherte Bergtier,
wechselt und weilt. Und der große geborgene Vogel
kreist um der Gipfel reine Verweigerung. – Aber
ungeborgen, hier auf den Bergen des Herzens ....

Sind wirs, Lulu, sind wirs? Oder grüßen
sich in uns entgangene Gestalten?
Durch die Herzen, die wir offen halten,
geht der Gott mit Flügeln an den Füßen,

jener, weißt du, der die Dichter nimmt;
eh sie noch von ihrem Wesen wissen,
hat er sie erkannt und hingerissen
und zum Unermessenen bestimmt.

*Einem* Gott nur ist die Macht gegeben,
das noch Ungewollte zu entwirrn.
Wie die Nacht mit zweien Tagen neben
steht er plötzlich zwischen unsern Leben
voll von zögerndem Gestirn.

In uns beide ruft er nach dem Dichter.
Und da glühst du leise und ich glühe.
Und er wirft uns durch der Angesichter
Klärungen die Vögel seiner Frühe.

Laß mich nicht an deinen Lippen trinken,
denn an Munden trank ich mir Verzicht.
Laß mich nicht in deine Arme sinken,
denn mich fassen Arme nicht.

Einmal noch kam zu dem Ausgesetzten,
der auf seines Herzens Bergen ringt,
Duft der Täler. Und er trank den letzten
Atem wie die Nacht die Winde trinkt.
Stand und trank den Duft, und trank und kniete
noch ein Mal.
Über seinem steinigen Gebiete
war des Himmels atemloses Tal
ausgestürzt. Die Sterne pflücken nicht
Fülle, die die Menschenhände tragen,
schreiten schweigend, wie durch Hörensagen
durch ein weinendes Gesicht.

Siehe, ich wußte es sind
solche, die nie den gemeinsamen Gang
lernten zwischen den Menschen;
sondern der Aufgang in plötzlich
entatmete Himmel
war ihr Erstes. Der Flug
durch der Liebe Jahrtausende
ihr Nächstes, Unendliches.

Eh sie noch lächelten
weinten sie schon vor Freude;
eh sie noch weinten
war die Freude schon ewig.

Frage mich nicht
wie lange sie fühlten; wie lange
sah man sie noch? Denn unsichtbare sind
unsägliche Himmel
über der inneren Landschaft.

Eines ist Schicksal. Da werden die Menschen
sichtbarer. Stehn wie Türme. Verfalln.
Aber die Liebenden gehn
über der eignen Zerstörung
ewig hervor; denn aus dem Ewigen
ist kein Ausweg. Wer widerruft
Jubel?

O wie sind die Lauben unsrer Schmerzen
dicht geworden. Noch vor wenig Jahren
hätten wir für unsre wunderbaren
Herzen nicht so dunkeln Schutz gefunden.

Winde hätten von den Liebesmunden
uns die stillen Flammen hingerissen,
und es wäre aus den ungewissen
Stunden kühler Schein in uns gefallen.

Aber hinter unsern Schmerzen, allen
immer höhern, immer dichtern
Schmerzen, brennen wir mit windstillen
Gesichtern.

Durch den plötzlich schönen Garten trägst du,
trägst du, Tragendste der Trägerinnen,
mir das ganz vergossne Herz zum Brunnen.

Und ich steh indessen mit dem deinen
unerschöpflichen in diesem schönen,
dem unendlich aufgefühlten Garten.

Wie ein Knabe steht mit seinen künftig
starken Gaben, sie noch nicht beginnend,
halt ich die Begabung deines Herzens.

Und du gehst indessen mit dem meinen
an den Brunnen. Aber um uns beide
sind wir selber dieser schöne Garten.

Sieh, was sind wir nicht? Wir sind die Sterne,
welche diesen Garten nachts erwiedern,
und das Dunkel um die hohen Sterne.

Sind die Flüsse in den fremden Ländern,
sind der Länder Berge, und dahinter
sind wir wieder eine nächste Weite.

Einzeln sind wir Engel nicht; zusammen
bilden wir den Engel unsrer Liebe:
ich den Gang, du seines Mundes Jugend.

Wie der Wasser Oberflächen schweigend
von der Erde zu den Himmeln schweben,
bin ich knieender, um dir mein steigend
übergehendes Gesicht zu geben.

Wo die Wurzeln ihrer Liebe ringen
in dem Dunkel alter Unterlagen,
bei den Sagen der Gefühle sind die
Liebenden, die wachsen, nie gewesen.

Stehen beide in dem einen Stamme,
in der Rinde ihres Loses. Heben
Leben in die Flamme. Geben
rein sich weiter in den eignen Wipfel.

O vermöchten sie, sich in dem leichten
obersten Gezweig zu scheiden scheinbar.
Hingereichten an den hergereichten
Himmeln ist die Trennung nicht mehr weinbar.

Aus der Trübe müder Überdrüsse
reißt, die wir einander bebend bringen,
uns die Botschaft. Welche? Wir vergingen –
Ach wann waren Worte diese Küsse?

Diese Küsse waren einmal Worte;
stark gesprochen an der Tür ins Freie
zwangen sie die Pforte.
Oder waren diese Küsse Schreie ..

Schreie auf so schönen Hügeln, wie sie
deine Brüste sind. Der Himmel schrie sie
in den Jugendjahren seiner Stürme.

Wie die Vögel, welche an den großen
Glocken wohnen in den Glockenstühlen,
plötzlich von erdröhnenden Gefühlen
in die Morgenluft gestoßen
und verdrängt in ihre Flüge
Namenszüge
ihrer schönen
Schrecken um die Türme schreiben:

können wir bei diesem Tönen
nicht in unsern Herzen bleiben
– – – – – – – – – – – – – – – – – – – –
– – – – – – – – – – – – – – – – – – – –

Weißt Du noch: auf Deinem Wiesenplatze
las ich Dir am schönen Vormittage,
(jenem ersten, den ich aus dem Schatze
einer wunderschönen Zeit gehoben)
las das Lied der Rühmung und der Klage.
Und mir schien Dein Leben wie von oben
zuzuhören; wie von jeder Seite
kam es näher; aus dem sanften Rasen
stieg es in die Räume meiner Stimme.
Aber plötzlich, da wir nicht mehr lasen
gab ich Dich aus Nachbarschaft und Weite
Dir zurück in Dein gefühltes Wesen.

Fernesein ist nur ein Lauschen: höre.
Und jetzt bist Du diese ganze Stille.
Doch mein Aufblick wird Dich immer wieder
sammeln in den lieben: Deinen Körper.

Oft wenn in diesen letzten Jahren
ein Leben über mir zusammenschlug,
das fremde Leben irgend einer Frau,
ich neben meiner Mitte, ungenau,
entzogen meinem weltigen Bezug
ich Helfer dastand, mit der Hülfe in
der linken Hand

Immer wieder, ob wir der Liebe Landschaft auch kennen
und den kleinen Kirchhof mit seinen klagenden Namen
und die furchtbar verschweigende Schlucht, in welcher
die anderen
enden: immer wieder gehn wir zu zweien hinaus
unter die alten Bäume, lagern uns immer wieder
zwischen die Blumen, gegenüber dem Himmel.

Einmalige Straße wie ein Sternenfall,
im gleichen Augenblick durch Blick und All
stürzender Stern. O Liebesaugenblick.
Da liegt Geschick wie Strom und Land, mit so
gebäumten Städten .........

aber wo

bist du zu fassen?

Du nur, einzig du *bist.*
Wir aber gehn hin, bis einmal
unsres Vergehens so viel ist,
daß du entstehst: Augenblick,
schöner, plötzlicher,
in der Liebe entstehst oder,
entzückt, in des Werkes Verkürzung.

Dein bin ich, dein; wieviel mir die Zeit auch
anhat. Von dir zu dir
bin ich befohlen. Dazwischen
hängt die Guirlande im Zufall, daß aber du sie
auf- und auf- und aufnimmst:
siehe: die Feste!

## Liebesanfang

O Lächeln, erstes Lächeln, unser Lächeln.
Wie war das Eines: Duft der Linden atmen,
Parkstille hören –, plötzlich in einander
aufschaun und staunen bis heran ans Lächeln.

In diesem Lächeln war Erinnerung
an einen Hasen, der da eben drüben
im Rasen spielte; dieses war die Kindheit
des Lächelns. Ernster schon war ihm des Schwanes
Bewegung eingegeben, den wir später
den Weiher teilen sahen in zwei Hälften
lautlosen Abends. – Und der Wipfel Ränder
gegen den reinen, freien, ganz schon künftig
nächtigen Himmel hatten diesem Lächeln
Ränder gezogen gegen die entzückte
Zukunft im Antlitz.

Wie rief ich dich. Das sind die stummen Rufe,
die in mir süß geworden sind.
Nun stoß ich in dich Stufe ein um Stufe
und heiter steigt mein Samen wie ein Kind.
Du Urgebirg der Lust: auf einmal springt
er atemlos zu deinem innern Grate.
O gieb dich hin, zu fühlen wie er nahte;
denn du wirst stürzen, wenn er oben winkt.

Graue Liebesschlangen hab ich aus deinen
Achselhöhlen gescheucht. Wie auf heißen Steinen
liegen sie jetzt auf mir und verdauen
Lust-Klumpen

## Für Mimi

Sonderbar: Träume zu zwein
sind weit noch vom wirklichen Leben;
jedem ist alles allein
nichts ist zweien gegeben,
aber im schenkenden Schein:
wie sich die Hände erheben
nach den unsichtbaren Reben
nach dem unendlichen Wein.

## Sonett

O wenn ein Herz, längst wohnend im Entwöhnen,
von aller Kunft und Zuversicht getrennt,
erwacht und plötzlich hört, wie man es nennt:
»Du Überfluß, Du Fülle alles Schönen!«

Was soll es tun? Wie sich dem Glück versöhnen,
das endlich seine Hand und Wange kennt?
Schmerz zu verschweigen war sein Element,
nun zwingt das Liebes-Staunen es, zu tönen.

Hier tönt ein Herz, das sich im Gram verschwieg,
und zweifelt, ob ihm dies zu Recht gebühre:
so reich zu sein in seiner Armut Sieg.

Wer *hat* denn Fülle? Wer verteilt das Meiste? –
Wer so verführt, daß er ganz weit verführe:
Denn auch der Leib ist leibhaft erst im Geiste.

Letztes ist nicht, daß man sich überwinde,
nur daß man still aus solcher Mitte liebt,
daß man auch noch um Not und Zorn das Linde,
Zärtliche fühlt, das uns zuletzt umgiebt.

Wie waren sie verwirrt, die jungen Büglerinnen
wenn ich vorüber kam, den Weg zu dir,
zwar wars die Gasse, doch mein Weg war innen
und wie in Innres schauten alle vier.

Ach Alle, die mich sahn, wenn ich zu dir ging, glaube,
sie leben noch davon, von meinem Blick, der schien,
vom Wind in meinem Gehn, von meinem Blütenstaube,
der in ihr Staunen trieb –, sie faßten ihn.

Mädchen, reift dich der Sommertag?
Abends, in warmer Hand Wachtelschlag,
steht der Liebende da.

Sieht wie dein kleines Fenster dich schmückt,
daß dir Haltung und Lächeln glückt,
ahnt er von nah.

Kühl ist die Tür schon, bis morgen früh
kältet sie gründlich aus.
Aber dein Freund ist heiß. Oh glüh,
glüh und reiß ihn ins Haus!

Daß ich deiner dächte am Kamine?
Nein, du irrst, ich lese. – Ach, du weinst?
Kannst du wollen, daß ich wieder diene?
Denn ich liebte nicht: ich diente einst.

Du bezwangst, was noch in mir des Knaben
Trotz und Widerstand und Schwäche war,
ich verschrieb mit blutenden Buchstaben
dir mein erstes eignes Jahr –

Statt zu reiten, Olga, statt zu jagen,
kniet ich bei dir, *während jeder ging*
*kniet ich*, Seidenes um mich geschlagen,
das von deiner Gnade niederhing.

Fühltest du dann immer, daß ich kniete?
Oder wußtest du: er sieht nicht her? –
Ach, ich war die Muschel, Aphrodite,
die dich trug, und in mir war das Meer.

Du, die ich zeitig schon begann zu feiern,
erriet ich dich und lobte ich dich gut?
Du Heilige, du bliebst in deinen Schleiern
und nur von deinen Schleiern sang mein Blut.

Zwar ward mir immer wieder zum Vergleiche
ein lieblich mich Erfüllendes gesandt,
doch immer war, daß sie dich nicht erreiche,
das Letzte, was die Freundin mir gestand.

O stolze Schwermut meiner Liebeszeiten!
Dies ist dein Name. Ob er dir entspricht?
Wie einen Spiegel hob ich oft vom Weiten
ihn dir entgegen, – doch ich rief ihn nicht.

Was für Vorgefühle in dir schliefen –,
war es Ehrfurcht gegen Glück und Weh,
wenn du schon in deinen Kinderbriefen
selbst das Zeitwort ›Lieben‹ groß schriebst, Dorothee?

Schon im Wort vorher erschrak die Endung,
so als würde es vor ihr zu hell.
Auch: es wär mir lieb –, die leichte Wendung,
schriebst du angestrengt mit deinem sanften großen L.

Diese Silbe war in deinem Herzen
immer wie ein neuer Satz. Und eh
du ihn anfingst, wehten deine Kerzen
leis vom Flüchten deines leichten Atems –, Dorothee –

Schöne Aglaja, Freundin meiner Gefühle,
unser Frohsein erreichte den Lerchenschlag
oben im Morgen. Laß uns nicht fürchten die Kühle
abends nach unserm Sommertag.

Kurve der Liebe, laß sie uns zeichnen. Ihr Steigen
soll uns unendlich rühmlich sein.
Aber auch später, wenn sie sich neigt –: wie eigen.
Wie deine feine Braue so rein.

*Palermo 1862*

Wir, in den ringenden Nächten,
wir fallen von Nähe zu Nähe;
und wo die Liebende taut,
sind wir ein stürzender Stein.

## Die zweite Elegie

Jeder Engel ist schrecklich. Und dennoch, weh mir,
ansing ich euch, fast tödliche Vögel der Seele,
wissend um euch. Wohin sind die Tage Tobiae,
da der Strahlendsten einer stand an der einfachen
Haustür,
zur Reise ein wenig verkleidet und schon nicht mehr
furchtbar;
(Jüngling dem Jüngling, wie er neugierig hinaussah).
Träte der Erzengel jetzt, der gefährliche, hinter
den Sternen
eines Schrittes nur nieder und herwärts: hochauf-
schlagend erschlüg uns das eigene Herz. Wer seid ihr?

Frühe Geglückte, ihr Verwöhnten der Schöpfung,
Höhenzüge, morgenrötliche Grate
aller Erschaffung, – Pollen der blühenden Gottheit,
Gelenke des Lichtes, Gänge, Treppen, Throne,
Räume aus Wesen, Schilde aus Wonne, Tumulte
stürmisch entzückten Gefühls und plötzlich, einzeln,
*Spiegel*: die die entströmte eigene Schönheit
wiederschöpfen zurück in das eigene Antlitz.

Denn wir, wo wir fühlen, verflüchtigen; ach wir
atmen uns aus und dahin; von Holzglut zu Holzglut
geben wir schwächern Geruch. Da sagt uns wohl einer:
ja, du gehst mir ins Blut, dieses Zimmer, der Frühling
füllt sich mit dir ... Was hilfts, er kann uns nicht halten,
wir schwinden in ihm und um ihn. Und jene, die schön sind,

o wer hält sie zurück? Unaufhörlich steht Anschein
auf in ihrem Gesicht und geht fort. Wie Tau von dem
Frühgras
hebt sich das Unsre von uns, wie die Hitze von einem
heißen Gericht. O Lächeln, wohin? O Aufschaun:
neue, warme, entgehende Welle des Herzens –;
weh mir: wir *sinds* doch. Schmeckt denn der Weltraum,
in den wir uns lösen, nach uns? Fangen die Engel
wirklich nur Ihriges auf, ihnen Entströmtes,
oder ist manchmal, wie aus Versehen, ein wenig
unseres Wesens dabei? Sind wir in ihre
Züge soviel nur gemischt wie das Vage in die Gesichter
schwangerer Frauen? Sie merken es nicht in dem Wirbel
ihrer Rückkehr zu sich. (Wie sollten sie's merken.)

Liebende könnten, verstünden sie's, in der Nachtluft
wunderlich reden. Denn es scheint, daß uns alles
verheimlicht. Siehe, die Bäume *sind*; die Häuser,
die wir bewohnen, bestehn noch. Wir nur
ziehen allem vorbei wie ein luftiger Austausch.
Und alles ist einig, uns zu verschweigen, halb als
Schande vielleicht und halb als unsägliche Hoffnung.

Liebende, euch, ihr in einander Genügten,
frag ich nach uns. Ihr greift euch. Habt ihr Beweise?
Seht, mir geschiehts, daß meine Hände einander
inne werden oder daß mein gebrauchtes
Gesicht in ihnen sich schont. Das giebt mir ein wenig
Empfindung. Doch wer wagte darum schon zu *sein*?
Ihr aber, die ihr im Entzücken des anderen
zunehmt, bis er euch überwältigt
anfleht: nicht *mehr* –; die ihr unter den Händen

euch reichlicher werdet wie Traubenjahre;
die ihr manchmal vergeht, nur weil der andre
ganz überhand nimmt: euch frag ich nach uns. Ich weiß,
ihr berührt euch so selig, weil die Liebkosung verhält,
weil die Stelle nicht schwindet, die ihr, Zärtliche,
zudeckt; weil ihr darunter das reine
Dauern verspürt. So versprecht ihr euch Ewigkeit fast
von der Umarmung. Und doch, wenn ihr der ersten
Blicke Schrecken besteht und die Sehnsucht am Fenster,
und den ersten gemeinsamen Gang, *ein* Mal durch den
Garten:
Liebende, *seid* ihrs dann noch? Wenn ihr einer dem andern
euch an den Mund hebt und ansetzt –: Getränk an Getränk:
o wie entgeht dann der Trinkende seltsam der Handlung.

Erstaunte euch nicht auf attischen Stelen die Vorsicht
menschlicher Geste? war nicht Liebe und Abschied
so leicht auf die Schultern gelegt, als wär es aus anderm
Stoffe gemacht als bei uns? Gedenkt euch der Hände,
wie sie drucklos beruhen, obwohl in den Torsen die
Kraft steht.
Diese Beherrschten wußten damit: so weit sind wirs,
*dieses* ist unser, uns *so* zu berühren; stärker
stemmen die Götter uns an. Doch dies ist Sache der Götter.

Fänden auch wir ein reines, verhaltenes, schmales
Menschliches, einen unseren Streifen Fruchtlands
zwischen Strom und Gestein. Denn das eigene Herz
übersteigt uns
noch immer wie jene. Und wir können ihm nicht mehr
nachschaun in Bilder, die es besänftigen, noch in
göttliche Körper, in denen es größer sich mäßigt.

## Die dritte Elegie

Eines ist, die Geliebte zu singen. Ein anderes, wehe,
jenen verborgenen schuldigen Fluß-Gott des Bluts.
Den sie von weitem erkennt, ihren Jüngling, was weiß er
selbst von dem Herren der Lust, der aus dem Einsamen oft,
ehe das Mädchen noch linderte, oft auch als wäre sie nicht,
ach, von welchem Unkenntlichen triefend, das Gotthaupt
aufhob, aufrufend die Nacht zu unendlichem Aufruhr.
O des Blutes Neptun, o sein furchtbarer Dreizack.
O der dunkele Wind seiner Brust aus gewundener Muschel.
Horch, wie die Nacht sich muldet und höhlt. Ihr Sterne,
stammt nicht von euch des Liebenden Lust zu dem Antlitz
seiner Geliebten? Hat er die innige Einsicht
in ihr reines Gesicht nicht aus dem reinen Gestirn?

Du nicht hast ihm, wehe, nicht seine Mutter
hat ihm die Bogen der Braun so zur Erwartung gespannt.
Nicht an dir, ihn fühlendes Mädchen, an dir nicht
bog seine Lippe sich zum fruchtbarern Ausdruck.
Meinst du wirklich, ihn hätte dein leichter Auftritt
also erschüttert, du, die wandelt wie Frühwind?
Zwar du erschrakst ihm das Herz; doch ältere Schrecken
stürzten in ihn bei dem berührenden Anstoß.
Ruf ihn ... du rufst ihn nicht ganz aus dunkelem Umgang.
Freilich, er *will*, er entspringt; erleichtert gewöhnt er
sich in dein heimliches Herz und nimmt und beginnt sich.
Aber begann er sich je?
Mutter, *du* machtest ihn klein, du warsts, die ihn anfing;
dir war er neu, du beugtest über die neuen
Augen die freundliche Welt und wehrtest der fremden.

Wo, ach, hin sind die Jahre, da du ihm einfach
mit der schlanken Gestalt wallendes Chaos vertratst?
Vieles verbargst du ihm so; das nächtlich-verdächtige Zimmer
machtest du harmlos, aus deinem Herzen voll Zuflucht
mischtest du menschlichern Raum seinem Nacht-Raum
hinzu.
Nicht in die Finsternis, nein, in dein näheres Dasein
hast du das Nachtlicht gestellt, und es schien wie aus
Freundschaft.
Nirgends ein Knistern, das du nicht lächelnd erklärtest,
so als wüßtest du längst, *wann* sich die Diele benimmt ...
Und er horchte und linderte sich. So vieles vermochte
zärtlich dein Aufstehn; hinter den Schrank trat
hoch im Mantel sein Schicksal, und in die Falten des Vorhangs
paßte, die leicht sich verschob, seine unruhige Zukunft.

Und er selbst, wie er lag, der Erleichterte, unter
schläfernden Lidern deiner leichten Gestaltung
Süße lösend in den gekosteten Vorschlaf –:
*schien* ein Gehüteter ... Aber *innen*: wer wehrte,
hinderte innen in ihm die Fluten der Herkunft?
Ach, da *war* keine Vorsicht im Schlafenden; schlafend,
aber träumend, aber in Fiebern: wie er sich ein-ließ.
Er, der Neue, Scheuende, wie er verstrickt war,
mit des innern Geschehns weiterschlagenden Ranken
schon zu Mustern verschlungen, zu würgendem Wachstum,
zu tierhaft
jagenden Formen. Wie er sich hingab –. Liebte.
Liebte sein Inneres, seines Inneren Wildnis,
diesen Urwald in ihm, auf dessen stummem Gestürztsein
lichtgrün sein Herz stand. Liebte. Verließ es, ging die
eigenen Wurzeln hinaus in gewaltigen Ursprung,
wo seine kleine Geburt schon überlebt war. Liebend

stieg er hinab in das ältere Blut, in die Schluchten,
wo das Furchtbare lag, noch satt von den Vätern. Und
jedes
Schreckliche kannte ihn, blinzelte, war wie verständigt.
Ja, das Entsetzliche lächelte ... Selten
hast du so zärtlich gelächelt, Mutter. Wie sollte
er es nicht lieben, da es ihm lächelte. *Vor* dir
hat ers geliebt, denn, da du ihn trugst schon,
war es im Wasser gelöst, das den Keimenden leicht macht.

Siehe, wir lieben nicht, wie die Blumen, aus einem
einzigen Jahr; uns steigt, wo wir lieben,
unvordenklicher Saft in die Arme. O Mädchen,
*dies*: daß wir liebten *in* uns, nicht Eines, ein Künftiges,
sondern
das zahllos Brauende; nicht ein einzelnes Kind,
sondern die Väter, die wie Trümmer Gebirgs
uns im Grunde beruhn; sondern das trockene Flußbett
einstiger Mütter –; sondern die ganze
lautlose Landschaft unter dem wolkigen oder
reinen Verhängnis –: *dies* kam dir, Mädchen, zuvor.

Und du selber, was weißt du –, du locktest
Vorzeit empor in dem Liebenden. Welche Gefühle
wühlten herauf aus entwandelten Wesen. Welche
Frauen haßten dich da. Was für finstere Männer
regtest du auf im Geäder des Jünglings? Tote
Kinder wollten zu dir ... O leise, leise,
tu ein liebes vor ihm, ein verläßliches Tagwerk, – führ ihn
nah an den Garten heran, gieb ihm der Nächte
Übergewicht ......
Verhalt ihn ......

## Die siebente Elegie

Werbung nicht mehr, nicht Werbung, entwachsene Stimme,
sei deines Schreies Natur; zwar schrieest du rein wie der
Vogel,
wenn ihn die Jahreszeit aufhebt, die steigende, beinah
vergessend,
daß er ein kümmerndes Tier und nicht nur ein einzelnes
Herz sei,
das sie ins Heitere wirft, in die innigen Himmel. Wie er, so
würbest du wohl, nicht minder –, daß, noch unsichtbar,
dich die Freundin erführ, die stille, in der eine Antwort
langsam erwacht und über dem Hören sich anwärmt, –
deinem erkühnten Gefühl die erglühte Gefühlin.

O und der Frühling begriffe –, da ist keine Stelle,
die nicht trüge den Ton der Verkündigung. Erst jenen kleinen
fragenden Auflaut, den, mit steigernder Stille,
weithin umschweigt ein reiner bejahender Tag.
Dann die Stufen hinan, Ruf-Stufen hinan, zum geträumten
Tempel der Zukunft –; dann den Triller, Fontäne,
die zu dem drängenden Strahl schon das Fallen zuvornimmt
im versprechlichen Spiel ... Und vor sich, den Sommer.

Nicht nur die Morgen alle des Sommers –, nicht nur
wie sie sich wandeln in Tag und strahlen vor Anfang.
Nicht nur die Tage, die zart sind um Blumen, und oben,
um die gestalteten Bäume, stark und gewaltig.
Nicht nur die Andacht dieser entfalteten Kräfte,
nicht nur die Wege, nicht nur die Wiesen im Abend,
nicht nur, nach spätem Gewitter, das atmende Klarsein,

nicht nur der nahende Schlaf und ein Ahnen, abends ...
sondern die Nächte! Sondern die hohen, des Sommers,
Nächte, sondern die Sterne, die Sterne der Erde.
O einst tot sein und sie wissen unendlich,
alle die Sterne: denn wie, wie, wie sie vergessen!

Siehe, da rief ich die Liebende. Aber nicht *sie* nur
käme ... Es kämen aus schwächlichen Gräbern
Mädchen und ständen ... Denn, wie beschränk ich,
wie, den gerufenen Ruf? Die Versunkenen suchen
immer noch Erde. – Ihr Kinder, ein hiesig
einmal ergriffenes Ding gälte für viele.
Glaubt nicht, Schicksal sei mehr, als das Dichte der
Kindheit;
wie überholtet ihr oft den Geliebten, atmend,
atmend nach seligem Lauf, auf nichts zu, ins Freie.

Hiersein ist herrlich. Ihr wußtet es, Mädchen, *ihr* auch,
die ihr scheinbar entbehrtet, versankt –, ihr, in den ärgsten
Gassen der Städte, Schwärende, oder dem Abfall
Offene. Denn eine Stunde war jeder, vielleicht nicht
ganz eine Stunde, ein mit den Maßen der Zeit kaum
Meßliches zwischen zwei Weilen –, da sie ein Dasein
hatte. Alles. Die Adern voll Dasein.
Nur, wir vergessen so leicht, was der lachende Nachbar
uns nicht bestätigt oder beneidet. Sichtbar
wollen wirs heben, wo doch das sichtbarste Glück uns
erst zu erkennen sich giebt, wenn wir es innen verwandeln.

Nirgends, Geliebte, wird Welt sein, als innen. Unser
Leben geht hin mit Verwandlung. Und immer geringer
schwindet das Außen. Wo einmal ein dauerndes Haus war,
schlägt sich erdachtes Gebild vor, quer, zu Erdenklichem

völlig gehörig, als ständ es noch ganz im Gehirne.
Weite Speicher der Kraft schafft sich der Zeitgeist,
gestaltlos
wie der spannende Drang, den er aus allem gewinnt.
Tempel kennt er nicht mehr. Diese, des Herzens,
Verschwendung
sparen wir heimlicher ein. Ja, wo noch eins übersteht,
ein einst gebetetes Ding, ein gedientes, geknietes –,
hält es sich, so wie es ist, schon ins Unsichtbare hin.
Viele gewahrens nicht mehr, doch ohne den Vorteil,
daß sie's nun *innerlich* baun, mit Pfeilern und Statuen,
größer!

Jede dumpfe Umkehr der Welt hat solche Enterbte,
denen das Frühere nicht und noch nicht das Nächste
gehört.
Denn auch das Nächste ist weit für die Menschen. *Uns* soll
dies nicht verwirren; es stärke in uns die Bewahrung
der noch erkannten Gestalt. – Dies *stand* einmal unter
Menschen,
mitten im Schicksal stands, im vernichtenden, mitten
im Nichtwissen-Wohin stand es, wie seiend, und bog
Sterne zu sich aus gesicherten Himmeln. Engel,
*dir* noch zeig ich es, *da!* in deinem Anschaun
steh es gerettet zuletzt, nun endlich aufrecht.
Säulen, Pylone, der Sphinx, das strebende Stemmen,
grau aus vergehender Stadt oder aus fremder, des Doms.

War es nicht Wunder? O staune, Engel, denn *wir* sinds,
wir, o du Großer, erzähls, daß wir solches vermochten,
mein Atem
reicht für die Rühmung nicht aus. So haben wir dennoch
nicht die Räume versäumt, diese gewährenden, diese

*unseren* Räume. (Was müssen sie fürchterlich groß sein,
da sie Jahrtausende nicht unseres Fühlns überfülln.)
Aber ein Turm war groß, nicht wahr? O Engel, er war es, –
groß, auch noch neben dir? Chartres war groß –, und Musik
reichte noch weiter hinan und überstieg uns. Doch selbst nur
eine Liebende –, oh, allein am nächtlichen Fenster ....
reichte sie dir nicht ans Knie –?
Glaub *nicht*, daß ich werbe.
Engel, und würb ich dich auch! Du kommst nicht. Denn mein
Anruf ist immer voll Hinweg; wider so starke
Strömung kannst du nicht schreiten. Wie ein gestreckter
Arm ist mein Rufen. Und seine zum Greifen
oben offene Hand bleibt vor dir
offen, wie Abwehr und Warnung,
Unfaßlicher, weitauf.

## Sonette an Orpheus

### II

Und fast ein Mädchen wars und ging hervor
aus diesem einigen Glück von Sang und Leier
und glänzte klar durch ihre Frühlingsschleier
und machte sich ein Bett in meinem Ohr.

Und schlief in mir. Und alles war ihr Schlaf.
Die Bäume, die ich je bewundert, diese
fühlbare Ferne, die gefühlte Wiese
und jedes Staunen, das mich selbst betraf.

Sie schlief die Welt. Singender Gott, wie hast
du sie vollendet, daß sie nicht begehrte,
erst wach zu sein? Sieh, sie erstand und schlief.

Wo ist ihr Tod? O, wirst du dies Motiv
erfinden noch, eh sich dein Lied verzehrte? –
Wo sinkt sie hin aus mir? ... Ein Mädchen fast....

### IV

O ihr Zärtlichen, tretet zuweilen
in den Atem, der euch nicht meint,
laßt ihn an eueren Wangen sich teilen,
hinter euch zittert er, wieder vereint.

O ihr Seligen, o ihr Heilen,
die ihr der Anfang der Herzen scheint.
Bogen der Pfeile und Ziele von Pfeilen,
ewiger glänzt euer Lächeln verweint.

Fürchtet euch nicht zu leiden, die Schwere,
gebt sie zurück an der Erde Gewicht;
schwer sind die Berge, schwer sind die Meere.

Selbst die als Kinder ihr pflanztet, die Bäume,
wurden zu schwer längst; ihr trüget sie nicht.
Aber die Lüfte ... aber die Räume ....

## XIX

Wandelt sich rasch auch die Welt
wie Wolkengestalten,
alles Vollendete fällt
heim zum Uralten.

Über dem Wandel und Gang,
weiter und freier,
währt noch dein Vor-Gesang,
Gott mit der Leier.

Nicht sind die Leiden erkannt,
nicht ist die Liebe gelernt,
und was im Tod uns entfernt,

ist nicht entschleiert.
Einzig das Lied überm Land
heiligt und feiert.

## XXV

*Dich* aber will ich nun, *Dich*, die ich kannte
wie eine Blume, von der ich den Namen nicht weiß,
noch *ein* Mal erinnern und ihnen zeigen, Entwandte,
schöne Gespielin des unüberwindlichen Schrei's.

Tänzerin erst, die plötzlich, den Körper voll Zögern,
anhielt, als göß man ihr Jungsein in Erz;
trauernd und lauschend –. Da, von den hohen Vermögern
fiel ihr Musik in das veränderte Herz.

Nah war die Krankheit. Schon von den Schatten bemächtigt,
drängte verdunkelt das Blut, doch, wie flüchtig verdächtigt,
trieb es in seinen natürlichen Frühling hervor.

Wieder und wieder, von Dunkel und Sturz unterbrochen,
glänzte es irdisch. Bis es nach schrecklichem Pochen
trat in das trostlos offene Tor.

## VI

Rose, du thronende, denen im Altertume
warst du ein Kelch mit einfachem Rand.
*Uns* aber bist du die volle zahllose Blume,
der unerschöpfliche Gegenstand.

In deinem Reichtum scheinst du wie Kleidung um Kleidung
um einen Leib aus nichts als Glanz;
aber dein einzelnes Blatt ist zugleich die Vermeidung
und die Verleugnung jedes Gewands.

Seit Jahrhunderten ruft uns dein Duft
seine süßesten Namen herüber;
plötzlich liegt er wie Ruhm in der Luft.

Dennoch, wir wissen ihn nicht zu nennen, wir raten ...
Und Erinnerung geht zu ihm über,
die wir von rufbaren Stunden erbaten.

## XIII

Sei allem Abschied voran, als wäre er hinter
dir, wie der Winter, der eben geht.
Denn unter Wintern ist einer so endlos Winter,
daß, überwinternd, dein Herz überhaupt übersteht.

Sei immer tot in Eurydike –, singender steige,
preisender steige zurück in den reinen Bezug.
Hier, unter Schwindenden, sei, im Reiche der Neige,
sei ein klingendes Glas, das sich im Klang schon zerschlug.

Sei – und wisse zugleich des Nicht-Seins Bedingung,
den unendlichen Grund deiner innigen Schwingung,
daß du sie völlig vollziehst dieses einzige Mal.

Zu dem gebrauchten sowohl, wie zum dumpfen und stummen
Vorrat der vollen Natur, den unsäglichen Summen,
zähle dich jubelnd hinzu und vernichte die Zahl.

## XXI

Singe die Gärten, mein Herz, die du nicht kennst; wie in Glas
eingegossene Gärten, klar, unerreichbar.
Wasser und Rosen von Ispahan oder Schiras,
singe sie selig, preise sie, keinem vergleichbar.

Zeige, mein Herz, daß du sie niemals entbehrst.
Daß sie dich meinen, ihre reifenden Feigen.
Daß du mit ihren, zwischen den blühenden Zweigen
wie zum Gesicht gesteigerten Lüften verkehrst.

Meide den Irrtum, daß es Entbehrungen gebe
für den geschehnen Entschluß, diesen: zu sein!
Seidener Faden, kamst du hinein ins Gewebe.

Welchem der Bilder du auch im Innern geeint bist
(sei es selbst ein Moment aus dem Leben der Pein),
fühl, daß der ganze, der rühmliche Teppich gemeint ist.

Denk: Sie hätten vielleicht aneinander erfahren,
welches die teilbaren Wunder sind –.
Doch da er sich langsam verrang an den alternden Jahren,
war sie die Künftige erst, ein kommendes Kind.

*Sie*, vielleicht –, *sie*, die da ging und mit Freundinnen spielte,
hat er im knabigen schon, im Erahnen, ersehnt,
wissend das schließende Herz, das ihn völlig enthielte,
und nun trennt sie ein Nichts, ein verfünftes Jahrzehnt.

Oh du ratloser Gott, du betrogener Hymen,
wie du die Fackel nach abwärts kehrst,
weil sie ihm Asche warf an die grauende Schläfe.

Soll er klagend vergehn und die Beginnende rühmen?
Oder sein stillster Verzicht, wird er sie erst
machen zu jener Gestalt, die ihn ganz überträfe?

Wir hören seit lange die Brunnen mit.
Sie klingen uns beinah wie Zeit.
Aber sie halten viel eher Schritt
mit der wandelnden Ewigkeit.

Das Wasser ist fremd und das Wasser ist dein,
von hier und *doch* nicht von hier.
Eine Weile bist du der Brunnenstein,
und es spiegelt die Dinge in dir.

Wie ist das alles entfernt und verwandt
und lange enträtselt und unerkannt,
sinnlos und wieder voll Sinn.

Dein ist, zu lieben, was du nicht weißt.
Es nimmt dein geschenktes Gefühl und reißt
es mit sich hinüber. Wohin?

Laß uns Legenden der Liebe hören.
Zeig uns ihr kühnes köstliches Leid.
Wo sie im Recht war, war alles Beschwören,
hier ist das meiste verleugneter Eid.

## Der Reisende

*Auf einer Reise geschrieben, für den aus unerschöpflichem Vertrauen mitwirkenden Freund so vieler Jahre, Wege und Wandlungen*

Wie sind sie klein in der Landschaft, die beiden,
die sich gegenseitig mit dem bekleiden,
das sie mit zärtlichen Händen weben;
und der Zug, der nicht Zeit hat, zu unterscheiden,
wirft einen Wind von Meineiden
über diese unendlichen Leben.
Ach das Vorbei, das Vorbei der zahllosen Züge,
und die Wiesen wie widerrufen;
Abschiede streifen die Straßen und Stufen,
wo noch eben in heiler Genüge
Menschen sich halten. Wer sie doch größer
machte, mindestens wie die Gebäude,
diese einander Freude-Einflößer,
diese offenen Opfer der Freude.

Kenn ich sie nicht, diese innig Beschwingten,
die von den plötzlich unbedingten
Herzen in endlose Räume gerissen,
schweben –,
oder die eben
von der gemeinsamen Wasserscheide
niedergleiten ins Weiche der Täler?
War ich nicht immer ihr leiser Erzähler?
Bin ich nicht einer? Bin ich nicht beide?

Bin ich nicht täglich ihr Aufstehn zum Ganzen,
ihr unsäglich reines Beginnen
und das kleine Besinnen mitten im Tanzen,
das sie vergessen?

Laß uns an ihnen langsam ermessen,
was ein Grab ist, ein Grab in der Erde
und die Beschwerde dessen,
was unterm Fuß war, nun überm Herzen für immer.
Schlimmer kann es nicht kommen. Aber auch an den bangen
Gräbern fahren die Züge vorüber,
und Über des Lebens
stehn unbefangen
an zitternden Fenstern.
Nach welchen Klimaten
ziehn wir im Reisen? Wer giebt uns den Wink?
Woher wissen wir, daß die Stete verging,
und lassen uns plötzlich weiterweisen
von Ding zu Ding?
Wer wirft unser Herz vor uns her, und wir jagen
dieses köstliche Herz, das wir nur in der Kindheit ertragen,
das *uns* seither trug.
(Aber wer war ihm Flug genug?)

Wie sehn sie die Landschaft, die rascheren hohen
Herzen, die uns im Schwung übertrafen,
diese Landschaft aus trüben und frohen
Blicken und Schlafen.
Wie mag sie den freien
Herzen erscheinen, die sich entzweien
von unserem Zögern ...

Wie sehn sie die Häuser,
wie jene Gräber und wie die zu kleinen
Gestalten der Liebenden, abseits, –
wie aber die Bücher, die von dem Winde der Sehnsucht
aufgeschlagenen Bücher der Einsamen?

## Tränenkrüglein

Andere fassen den Wein, andere fassen die Öle
in dem gehöhlten Gewölb, das ihre Wandung umschrieb.
Ich, als ein kleineres Maß, und als schlankestes, höhle
mich einem andern Bedarf, stürzenden Tränen zulieb.

Wein wird reicher, und Öl klärt sich noch weiter im Kruge.
Was mit den Tränen geschieht? – Sie machten mich schwer,
machten mich blinder und machten mich schillern am Buge,
machten mich brüchig zuletzt und machten mich leer.

Wir sind nur Mund. Wer singt das ferne Herz,
das heil inmitten aller Dinge weilt?
Sein großer Schlag ist in uns eingeteilt
in kleine Schläge. Und sein großer Schmerz
ist, wie sein großer Jubel, uns zu groß.
So reißen wir uns immer wieder los
und sind nur Mund. Aber auf einmal bricht
der große Herzschlag heimlich in uns ein,
so daß wir schrein –,
und sind dann Wesen, Wandlung und Gesicht.

Starker Stern, der nicht den Beistand braucht,
den die Nacht den andern mag gewähren,
die erst dunkeln muß, daß sie sich klären.
Stern, der schon vollendet, untertaucht,

wenn Gestirne ihren Gang beginnen
durch die langsam aufgetane Nacht.
Großer Stern der Liebes-Priesterinnen,
der, von eigenem Gefühl entfacht,

bis zuletzt verklärt und nie verkohlend,
niedersinkt, wohin die Sonne sank:
tausendfachen Aufgang überholend
mit dem reinen Untergang.

Nichts blieb so schön. Ich war damals zu klein.
Ein Nachmittag. Sie wollten plötzlich tanzen
und rollten rasch den alten Teppich ein.
(Was für ein Schimmer liegt noch auf dem Ganzen.)

Sie tanzte dann. Man sah nur sie allein.
Und manchesmal verlor man sie sogar,
weil ihr Geruch die Welt geworden war,
in der man unterging. Ich war zu klein.

Wann aber war ich jemals groß genug,
um solchen Duftes Herr zu sein?
Um aus dem unbeschreiblichen Bezug
herauszufallen wie ein Stein? –

Nein, dies blieb schön! Ihr blumiger Geruch
in diesem Gartensaal an jenem Tag.
Wie ist er heil. Nie kam ein Widerspruch.
Wie ist er mein. Unendlicher Ertrag.

Dies ist Besitz: daß uns vorüberflog
die Möglichkeit des Glücks. Nein, nicht einmal.
*Un*-Möglichkeit sogar; nur ein Vermuten,
daß dieser Sommer, dieser Gartensaal, –
daß die Musik hinklingender Minuten
unschuldig war, da sie uns rein betrog.

Du, schon Erwachsene, wie denk ich dein.
Nicht mehr wie einst, als ein bestürztes Kind,
nun, beinah wie ein Gott, in seiner Freude.
Wenn solche Stunden unvergänglich sind,
was dürfte dann das Leben für Gebäude
in uns errichten aus Geruch und Schein.

Alles ist mir lieb, die Sommersprossen
und die Spange, die den Ärmel schloß;
oh wie unerhört und unverflossen
blieb die Süßigkeit, drin nichts verdroß.

Taumelnd stand ich, in mir hingerissen
von des eignen Herzens Überfluß,
in den kleinen Fingern, halbzerbissen,
eine Blüte des Konvolvulus. –

Oh wie will das Leben übersteigern,
was es damals, schon erblüht, beging,
als es von dem eigenen Verweigern
wie von Gartenmauern niederhing.

Nein, ich vergesse dich nicht,
 was ich auch werde,
liebliches zeitiges Licht,
 Erstling der Erde.

Alles, was du versprachst,
 hat sie gehalten,
seit du das Herz mir erbrachst
 ohne Gewalten.

Flüchtigste frühste Figur,
 die ich gewahrte:
nur weil ich Stärke erfuhr,
 rühm ich das Zarte.

Daß ich die Früchte beschrieb,
kams vielleicht durch dein Bücken
zum Erdbeerbeet;
und wenn keine Blume in mir vergeht,
ist es vielleicht, weil Freude dich trieb,
eine zu pflücken?

Ich weiß, wie du liefst,
und plötzlich, du Atemlose,
warst du wartend mir zugewandt.
Ich saß bei dir, da du schliefst;
deine linke Hand
lag wie eine Rose.

Wie geschah es? Es gelang zu lieben,
da noch in der Schule nichts gelang!
Das Unendliche bleibt unbeschrieben
zwischen Auf- und Niedergang.

Heimlich hat es sich in *dem* vollzogen,
dessen Mund nicht mündig war;
doch das Herz beging den großen Bogen
um das namenlose Liebesjahr.

Was war Mahlzeit, Schule, Ballspiel, Strafe,
was war Wachen, was war Schlaf?
da in jäh geordneter Oktave
aller Zukunft Klang zusammentraf.

Einmal kam die Frau, die reiche, reife
die zerstreut den Jüngling unterwies,
wenn er störend, noch mit Knabensteife,
an die blumige Geliebte stieß.

Dann erschienen reizende Gestalten,
traten ins gesteigerte Bereich
wo sich Menschen aneinanderhalten
zum vergöttlichten Vergleich.

Kann es sein daß er, wenn er sie lobte
aus ursprünglicher Natur
jene nie Erfahrene erprobte
an den Seligen, die er erfuhr?

Wandle Staubgefäß um Staubgefäß,
fülle deine innerliche Rose

## Eros

Masken! Masken! Daß man Eros blende.
Wer erträgt sein strahlendes Gesicht,
wenn er wie die Sommersonnenwende
frühlingliches Vorspiel unterbricht.

Wie es unversehens im Geplauder
anders wird und ernsthaft ... Etwas schrie ...
Und er wirft den namenlosen Schauder
wie ein Tempelinnres über sie.

Oh verloren, plötzlich, oh verloren!
Göttliche umarmen schnell.
Leben wand sich, Schicksal ward geboren.
Und im Innern weint ein Quell.

Berühre ruhig mit dem Zauberstabe
das Ungenaue, das du um mich scharst,
und du wirst wieder wissen, wie du Knabe
und in der Dinge Freundschaft warst.

Berühre nochmals, und es wird sich zeigen,
daß dich die Liebende empfing,
weil aller Glanz, den Himmlische verschweigen,
aus deinem Neigen in sie überging.

Ein drittes Mal berühr, um zu erfahren,
daß Macht sich giebt und sich entzieht,
und nun sei rein in deinem Offenbaren
und sage dienend, was geschieht.

Wir sollen nicht wissen, warum
dieses und jenes uns meistert;
wirkliches Leben ist stumm,
nur, daß es uns begeistert,

macht uns mit ihm vertraut

Die Blume sein, die sich vom steten Stoße
des arglos raschen Bachs erschüttert fühlt,
der sie nicht meint, wenn seine übergroße
zerstreute Eile an ihr wühlt …

Nicht anders, ach, ist unser Hingestelltsein
an der Gefühle stürzendes Gebraus;
meinen sie *uns* denn? … Doch das In-der-Welt-sein
gleicht diesen Überfluß an Zufall aus.

O wie sehnen wir uns nach den zustimmenden Göttern,
da uns die weigernden hart von uns selber entzweit;
lieben und wissen: der Gott ist ein Gott dieser Liebe,
ihm in den Händen entbrennt dieses unfaßliche Herz.

Weißt du noch: fallende Sterne, die
quer wie Pferde durch die Himmel sprangen
über plötzlich hingehaltne Stangen
unsrer Wünsche – hatten wir so viele? –
denn es sprangen Sterne, ungezählt;
fast ein jeder Aufblick war vermählt
mit dem raschen Wagnis ihrer Spiele,
und das Herz empfand sich als ein Ganzes
unter diesen Trümmern ihres Glanzes
und war heil, als überstünd es sie!

Noch fast gleichgültig ist dieses Mit-dir-sein ...
Doch über ein Jahr schon, Erwachsenere, kann es
 vielleicht dem Einen,
der dich gewahrt, unendlich bedeuten:
Mit dir sein!

Ist Zeit nichts? Auf einmal kommt doch durch sie
dein Wunder. Daß diese Arme,
gestern dir selber fast lästig, einem,
den du nicht kennst, plötzlich Heimat
versprechen, die er nicht kannte. Heimat und Zukunft.

Daß er zu ihnen, wie nach Sankt-Jago di Compostella,
den härtesten Weg gehen will, lange,
alles verlassend. Daß ihn die Richtung
zu dir ergreift. Allein schon die Richtung
scheint ihm das Meiste. Er wagt kaum,
jemals ein Herz zu enthalten, das ankommt.

Gewölbter auf einmal, verdrängt deine heitere Brust
ein wenig mehr Mailuft: dies wird sein Atem sein,
dieses Verdrängte, das nach dir duftet.

An der sonngewohnten Straße, in dem
hohlen halben Baumstamm, der seit lange
Trog ward, eine Oberfläche Wasser
in sich leis erneuernd, still' ich meinen
Durst: des Wassers Heiterkeit und Herkunft
in mich nehmend durch die Handgelenke.
Trinken schiene mir zu viel, zu deutlich;
aber diese wartende Gebärde
holt mir helles Wasser ins Bewußtsein.

Also, kämst du, braucht ich, mich zu stillen,
nur ein leichtes Anruhn meiner Hände,
sei's an deiner Schulter junge Rundung,
sei es an den Andrang deiner Brüste.

## Aus dem Briefwechsel in Gedichten mit Erika Mitterer 1924/1926

### Zweite Antwort für E. M.

Ach, wie beschäftigt wir sind,
weil die Libellen einander nicht
genügend anstaunen,
weil ihre Pracht
ihnen einander kein Rätsel ist
und kaum Versuchung,
sondern ein Gegenwert.
Genau dem, was sie opfern,
ihrer Lebenskürze genau
entspricht es, so prächtig zu sein,
und von der Pracht, die sie leicht zueinander spielt,
geht ihre Liebe nicht über.

Wir, vor Überflüssen stehen wir, Verschwendungen,
oder, plötzlich, vor *zu*wenig Dasein.
Über das Übermaß Aufgangs,
mit dem die Geliebte heraufglänzt,
verfügt ein sich trübender Tag.
Wind zerstreut ihren Duft,
und ein stürzender Bach überstimmt sie …
Wer war ihr gewachsen, wer ihrer Übermacht,
wer ertrug sie auch nur,

da sie heraufkam –,
und bald schon,
da noch Mittag nicht ist,
begreift er das Andere nicht: ihre Armut.
Seine und ihre.
Oder des Reichtums Unbrauchbarkeit,
oder das nicht mehr Zugleichsein
im Reichtum.
Oder die Überflüsse verschütten ihn,
sein eignes Bewundern
war zu wagend gewölbt,
bricht!
(Tempel sind rechnender.)
Ach, sein Bewundern verpflichtete
jene Bewunderte –, aber
wer ist herrlich aus Pflicht?
Aus Entzücken war sie's vielleicht einen Augenblick,
herrlich. Und das Bewundern,
wie wo versteigert wird,
schrie den nächst höheren Preis,
immer noch höhern …,
bis die Erwerbung,
getrieben,
unter die Sterne sprang:
Sternbild,
beiden unmöglich.

*(Als ein erster Entwurf.)*
*(Am Abend des 17. Juni 1924)*

## Die Liebenden
*(Erika und Melitta)*

I

Bist du's? Oh sei's!
Wandle dich, wenn du's nicht bist,
werde, was keiner vergißt,
bieg mir den Kreis.

Lauter Beweis
geht von dir aus. Meine Arme sind
aufgeschlagen von deinem Wind.
Bist du's? Oh sei's!

Zeig dich mir leis,
so wie Musik, die man wiedererkennt,
durch die Luft, die sie bringt, von ihr getrennt …
Bist du's? Oh sei's!

Flamme und Eis
schließen dich ein wie ein einziger Brand.
Siehe, ich warte abgewandt:
Bist du's? Oh sei's!

II

Spielt mit Spiegeln der Gott?
Blenden uns jagende Scheine?
Ist dies Glänzen das Deine,
oder sein spielender Spott?

Aufglänzt dein klares Gefühl,
stürm ich wie Wind deine Türe –,
doch wenn ichs glühend berühre,
scheint es mir kühl.

III

Ach, wie bist du dennoch, Wunderbare,
mir im Innersten verhundertfacht:
Jahreszeit im längsten meiner Jahre,
dunkler Tag und helle Nacht.

Neue Blumen riefest du aus meiner
jungen Erde, die sich dir ergab,
niemals öffneten sich Kelche reiner
als geweckt von deinem Zauberstab.

Meine Vögel bauten nicht, sie sangen ...
Oh bewahre mir den schönsten Schrei:
Daß in dir dem wagenden Verlangen
reines Maß gegeben sei.

## IV

Wieviel Abschied ward uns beigebracht,
jedes Mal so oft wir uns begrüßten,
wieviel Morgen war in unsrer süßsten
Nacht gelöst und übertraf die Nacht.

Alles ist den Liebenden verteilter,
jeder Teil hat Glanz des Gegenteils;
Glücke stürzen sich mit übereilter
Sorge in die Bahn des nächsten Pfeils.

Doch der Gott zeigt niemals zwei Gesichter
und hat nicht Gefallen am Verrat,
nur: er ist ein Bringer und Verzichter,
und sein Mund hat beides gleich bejaht.

## V

Etwas vom Munde des Gotts
spiegelt im Mund der Geliebten
zwischen Tröstung und Trotz.

Dieser unsägliche Zug,
spiegelnd im Mund der Geliebten,
macht sie ihm ähnlich genug.

## VI

Wie Kinder, wenn sie genügend versteckt sind im Spiel,
im gewählten Versteck fürchten und wünschen zugleich,
dennoch gefunden zu sein:
also müßtest du mich, hinter dir selber, Geliebte,
zwiefach erwarten. Oh, das Gefundensein,
wenn dann die ganze
Angst der Verborgenheit, dieses verschworene Eins-Sein
mit Verduckung und Schutz
umschlägt und, als zu lang schon
heuchelnd verhaltene Lust, den erhofftesten Schrecken,
selig, der Findung vermehrt.

Lockt dich nicht so viel Sichtbarkeit? Denk:
aus dem jubelnden Zugriff des Andern
plötzlich, Überfluß, übergehn! ...

## VII

Was der Mann mitbrächte an Habgier,
diese Spur Mord, ist nicht zwischen uns, Schwester.
Nichts von dem gefährlich verwandelten
Hasse des Andern, der uns beneidet

um Unerreichbarkeit. Wir, wir, Geliebte,
Gleiche im innigen Anderssein,
wir erfüllen einander das Unerfüllbare
ganz ohne Täuschung, leise es tauschend.

VIII

Auf der Flucht ins Unsichtbare,
die uns alle vorüberreißt,
dieses reine Verweilen,
das nach dir heißt.

In dem immer Verlieren,
darin alles uns flieht,
dieses wache Behalten,
das dich sieht.

Wie man einen Grabstein liest,
les ich meinen Lebens-Stein:
Weil du so schön geschiehst,
will ich sein.

*(5ten, 6ten, 7ten Juli, Ragaz.)*

*Folge*

Kaum wie zu dem Zweiten, wie zum Dritten,
zu dem Liebes-Gott, der kühlt und bannt,
hob sich Deine Stimme zu *Melitten*,
wie ein Bogen angespannt.

Daß Dir die, die durch die Gartenwege
immer wie ein Flüchtling ging,
jenen Pfeil an Deine Sehne lege,
welcher Richtung ist und Ding.

Daß sie Dir die unbewährte Waage
prüfe durch gewagtestes Gewicht,
und Dein Zeitlosbleiben überrage
mit dem stundenvollen Angesicht.

## Für Heide

Sieh mich nicht als Stetes und Erbautes,
weder Brücke kann ich sein, noch Ziel.
Höchstens Mund dem Wagnis eines Lautes,
der mich unbedingter überfiel.

Höchstens Wind in Deinem Blumengrunde,
höchstens weichen Regens Niederfall –,
oder, plötzlich, in der freisten Stunde,
beides: Fangender und Ball.

*(In den ersten Julitagen 1924)*

Und womit willst Du Glück und Leid ermessen,
als mit dem Herzen, das Dir übergeht?
Freilich, die Quelle, die zu stark stürzt, dreht
im Becher um, der sie schon fast besessen.

Doch langsam wird er diesem Übermaße
zum vollen Maß, wenn man ihn richtig hält.
Sieh, wie sie glänzt, des Überflusses Straße,
die über Deine Hände fällt ...

## Sechste Antwort

Nein, Du sollst mir nicht verfallen sein
in den schwülen Liebeszimmern;
sieh, wie meine Wege ziehn und schimmern
in dem Glanz von Deinem Feuerschein.

Komm, Gefangene, ans schöne Fenster,
das mein Zeilengitter überspannt:
ein, von Deiner Seligkeit ergänzter
Himmel nimmt dahinter überhand.

Ihn den sehnend Liebenden zu zeigen,
wandte ich manch klares Angesicht ...
Aber, ach, wie wäre er mein eigen:
ihn versprechen darf ich nicht.

*(12. Juli)*

Ja: *jedes Bild ist Mauer.* Laß uns ohne
daß wir ein Bild bemühn, vertrauter sein.
Ich denke zärtlich nur, wie ich Dich schone –,
Du aber winde eine Blumenkrone
und wirf sie in den nächsten Bach hinein.

Nichts ist verloren, alles giebt sich weiter.
Verschwende an den unbekannten Freund
die Freude Deiner täglichen Begleiter
und alles, was Dich heimlich macht und heiter,
bis zu der Luft, die Dir die Hände bräunt.

Daß uns das Sternbild nicht fehl,
halten wir uns am Entlegnen;
wo sie dem Schicksal begegnen,
machen die Sterne kein Hehl

aus ihrer Neigung, zu regeln,
was sich in ihnen gewahrt –,
über den wagendsten Segeln
stehn sie als Zeichen der Fahrt.

Welche Dein werbender Bogen
Dir auch gewinnen mag:
fühle Dich einbezogen,
stärke die Sterne bei Tag.

## Siebente Antwort

## Für Erika

1

Du »einig Weiß«, ich mag Dich nicht zerspalten
in das, was abwehrt, und in das, was ruft;
es sei, nach ihrem Wesen abgestuft,
jegliche Farbe klar in Dir enthalten.

Du, Deiner sieben Farben Inbegriff,
empfinde, was die Vielfalt Dir verspricht,
doch, wenn sie Dich verwirrt, so übertriff
sie immer neu mit Deinem weißen Licht.

2

Es kann wohl *ein so fernes Ziel erreichen*,
das Aufschaun, das aus unsern Tiefen steigt –;
irgend ein Stern ist immer zugeneigt:
so kann es *ein so fernes Ziel erreichen.*

Scheint es für uns zu zittern, jenes Zeichen,
in einem Himmel, der beständig schweigt?
Es giebt sich Mühe, unserm Blick zu gleichen,
wenn es in unser Zögern niederzeigt.

3

Du, die mir duftet: süß,
wie eben die Linden:
da ich Dich wiedergrüß,
hoff ich zu binden?

Mein ich, mit meinem Gruß,
Dich zu befrein? …
Träum es nur, oder tu's –:
beides heißt *sein.*

4

Warst Du's, die ich im starken Traum umfing
und an mich hielt – und der ich mit dem Munde
ablöste von der linken Brust ein Ding,
ein braunes Glasaug wie von einem Hunde,

womit die Kinder spielen ..., oder Reh,
wie es als Spielzeug dient? – Ich nahm es mir
erschrocken von den Lippen. Und ich seh,
wie ich Dir's zeige und es dann verlier.
Du aber, die das alles nicht erschreckte,
hobst Dein Gesicht, als sagte das genug.
Und es schien schauender, seit die entdeckte
geküßte Brust das Auge nicht mehr trug.

*(Traum: Nacht vom 28. auf den 29. Juli.)*

5

Könnt es sein! Die Freundin macht die Reise
zu dem Freund, den sie von fern erkannt,
und an ihn gelehnt, erfährt sie leise,
ob er wirklich ihr Gefühl umspannt.

Könnt sie Gast sein eine Sommerwoche
in des Turms umschließendem Geviert,
daß die unbeschreibliche Epoche
nicht im offnen Warten sich verliert.

Selbst der Irrtum hätte nicht die grobe
Kraft, die widerruft und die entzweit:
denn das süße Wagnis der Probe
wäre stolz und ohne Eitelkeit.

6

Was hilft es uns, daß ich den Bogen spanne,
wenn ich den Pfeil nicht an die Sehne leg?
Ich bin ein Zeichen, Pappel oder Tanne,
Du aber bist die Sonne auf dem Weg.

Die Sonne kommt nicht, wenn sie ihn erhellt.
Der Weg ist nicht für sie, wennauch beschienen.
Was auf den Wegen wandert, ist das Dienen,
dem zuviel Sonne sich entgegenstellt.

7

Halb ruf ich Dich, halb halt ich Dich von mir,
daß ich den schönen Zauber nicht verstöre;
ich sag mir, wenn ich Deine Pulse höre:
        bist Du nicht hier?

Was liegt an Deinem oder meinem Ort?
Sooft Du mich empfängst in Deinem Innern,
erschrocken wie durch künftiges Erinnern –:
        bin ich nicht dort?

8

Denk, es wäre alles anders, als
wir es uns gewährten mittlerweile,
und ich hätte Höhe nicht, noch Steile
für die Neigung Deines Wasserfalls.

Würde alles dann vergebens sein?
Oder sind wir fähig, im Gewahren
frei zu sein von Maßen und von Jahren
und entzücken uns – auch noch im Nein?

9

Daß ich mich im Grauen Deiner Nächte
löste, Du mir zugetrautes Kind,
und Dir jene Ungeheuer brächte,
riesiger, wie sie im Tierkreis sind.

Bär und Löwe werden sterngestaltet,
wenn wir sie ins Ganze einbeziehn.
Schlafe fühlend: Himmel sind entfaltet
und die Fernen sind verliehn.

*(wieder: Muzot, nur für eine kleine Weile diesmal.)*

## Achte Antwort

*(Da der Brief schon geschlossen war)*

## Lied

*für die junge Freundin*

Übersetz mir den Rosenduft
in etwas, was uns noch mehr
gehört ...: daß in der Luft
zwischen uns ein ihm Gleiches wär,
selig wie er!

Selig wie er? Ist er denn selig auch?
Ach, oft so schwer ...
Dieser Sommerhauch,
wo kommt er her?
Kommt er wirklich vom Rosenbeet,
oder ist er Erinnerung?
Macht er alt oder jung,
wenn er vergeht?

Kennt ich doch Deiner Hände Geruch,
oder den Duft von dem Umschlagtuch,
das Dir gut steht.
Wüßt ich die Düfte von Deinem Haar
und ob es weich und wunderbar
(wenn Du liefst) von Dir weht.

Rosen duften so allgemein, –
duften wie das Dunkelsein,
in dem man keinen erkennt.
Sieh, wie uns heute der Rosenduft,
dieses viele Gefühl in der Luft:
wie es uns trennt!

*(am 7. August)*

## Neunte Antwort

### Für Erika

I

Ich halts in ruhigen Händen und ich wäge
das schwere Gegen und das schwere Für ...
Zuweilen waren Deines Herzens Schläge
fast wie ein Schlag an meiner Tür.

Nun aber scheint mir Deine Nähe stiller,
und mein Bewegtsein halt ich leise an;
denn das tut not, daß jedes Herz den Triller
in seiner eignen Nacht vollenden kann.

In seiner hohen Nacht, in seiner stillen,
die einsam war, obwohl die Nacht des Bunds.
So wird es klar: wir sind dem Stern zu Willen,
der in den beiden Nächten herrscht –, nicht uns.

2

Keine Stürme sollst Du wecken, keine!
Niemand soll erschrecken, daß sich Deine
Gegenwart ins Gegenteil verkehrt;
wo uns Freude wurde, sei Gefallen,
denen, die Dich fühlen, und in Allen
sei die Fähigkeit zu Dir vermehrt.

Jener Gott, der Deine Fühlung schickte
mir zu Herzen, meinte nicht Konflikte
in Dein offenes Gemüt zu streun.
Schien ich müd vom einsam Untertauchen,
mein ich doch nun wieder, nichts zu brauchen
als mich mit der Freuenden zu freun.

*(am 13. August)*

Oh erhöhe mich nicht!
Wer weiß, ob ich rag.
Heb nur leise dein Angesicht,
daß dir mein Niederschlag
fast wie dein eigenes Weinen sei.

Stürmt meine Stärke an dir vorbei,
stelle dich aufrecht in meinen Wind;
schließe die Lider vor meinem Wehn,
sei blind
vor lauter Mich-sehn.

Welt war in dem Antlitz der Geliebten –,
aber plötzlich ist sie ausgegossen:
Welt ist draußen, Welt ist nicht zu fassen.

Warum trank ich nicht, da ich es aufhob,
aus dem vollen, dem geliebten Antlitz
Welt, die nah war, duftend meinem Munde?

Ach, ich trank. Wie trank ich unerschöpflich.
Doch auch ich war angefüllt mit zuviel
Welt, und trinkend ging ich selber über.

Daß sich das Herz dir ereigne,
dien dem Erwählten, dien.
Kommt *dein* Gefühl über ihn –
ist es das eigne?

Trank er des Abenteuers
bildervollen Wein?
Mischt sich Glanz seines Feuers
in deinen Feuerschein?

Was sich uns reicht mit dem Sternenlicht,
was sich uns reicht,
faß es wie Welt in dein Angesicht,
nimm es nicht leicht.

Zeige der Nacht, daß du still empfingst,
was sie gebracht.
Erst wenn du ganz zu ihr übergingst,
kennt dich die Nacht.

Heb mich aus meines Abfalls Finsternissen
in dein Gesicht, das mich so süß erkennt.
Wie war ich, damals, zu dir hingerissen,
in meines Herzens Element.

Nun fiel ich ab und muß mich trübe trösten
mit wirrem, wucherndem Gelüst;
du hast den Innigen, dir Eingeflößten,
Geliebte, nicht zuend geküßt.

Die Sehnsucht, die du namenlos erlitten,
bricht nun in meinen Adern aus und schreit.
Wie trugst du nur in deinen Liebesmitten
die Leere, die den Einsamen entzweit!

Irgendwo blüht die Blume des Abschieds und streut
immerfort Blütenstaub, den wir atmen, herüber;
auch noch im kommendsten Wind atmen wir Abschied.

## Drei Gedichte aus dem Umkreis: Spiegelungen

I

O schöner Glanz des scheuen Spiegelbilds!
Wie darf es glänzen, weil es nirgends dauert.
Der Frauen Dürsten nach sich selber stillts.
Wie ist die Welt mit Spiegeln zugemauert

für sie. Wir fallen in der Spiegel Glanz
wie in geheimen Abfluß unseres Wesens;
sie aber finden ihres dort: sie lesens.
Sie müssen doppelt sein, dann sind sie ganz.

Oh, tritt, Geliebte, vor das klare Glas,
auf daß du seist. Daß zwischen dir und dir
die Spannung sich erneue und das Maß
für das, was unaussprechlich ist in ihr.

Gesteigert um dein Bild: wie bist du reich.
Dein Ja zu dir bejaht dir Haar und Wange;
und überfüllt von solchem Selbstempfange,
taumelt dein Blick und dunkelt im Vergleich.

II

Immer wieder aus dem Spiegelglase
holst du dich dir neu hinzu;
ordnest in dir, wie in einer Vase,
deine Bilder. Nennst es *du*,

dieses Aufblühn deiner Spiegelungen,
die du eine Weile leicht bedenkst,
eh du sie, von ihrem Glück bezwungen,
deinem Leibe wiederschenkst.

III

Ach, an ihr und ihrem Spiegelbilde,
das, wie Schmuck im schonenden Etui,
in ihr dauert, abgelegt ins Milde, –
ruht der Liebende; abwechselnd sie

fühlend und ihr inneres Geschmeid ...
Er: kein eignes Bild in sich verschließend;
aus dem tiefen Innern überfließend
von gewußter Welt und Einsamkeit.

So laß uns Abschied nehmen wie zwei Sterne
durch jenes Übermaß von Nacht getrennt,
das eine Nähe ist, die sich an Ferne
erprobt und an dem Fernsten sich erkennt.

Ach, nicht getrennt sein,
nicht durch so wenig Wandung
ausgeschlossen vom Sternen-Maß.
Innres, was ists?
Wenn nicht gesteigerter Himmel,
durchworfen mit Vögeln und tief
von Winden der Heimkehr.

Rose, oh reiner Widerspruch, Lust,
Niemandes Schlaf zu sein unter soviel
Lidern.

Mehr nicht, als das Warmsein eines Rings,
den du eben dir vom Finger zögest,
und als Druck: als ob du dies erwögest
ach: das Schwersein eines Schmetterlings …

mehr nicht werd ich von dir wissen, *Heide*,
an dich glaubend, ohne (fast) Beweis,
wie das Licht im Ballsaal von der Seide,
wie die Seide von der Blume weiß.

Aber versuchtest du dies: Hand in der Hand mir zu sein
wie im Weinglas der Wein Wein ist.
Versuchtest du dies.

## Spiele

Hier ist ein Spiel von Frag und Antwort, das,
alt wie es ist, uns nicht mehr kümmern sollte.
Ein kleiner Liebes-Würfel fiel und rollte
und zeigte eine Zahl ... Man wurde blaß

und warf ihn wieder und noch einmal aus ...
Da fiel der kleine Würfel durch die Platte
des Tisches durch und fiel durchs ganze Haus
der Schwerkraft zu, die ihn gezogen hatte.

Daß wir dem Fallen etwas unterschieben,
macht seinen Niederfall erst leserlich.
Glaub an den Tisch, so zeigt der Würfel: SIEBEN.

Glaub an ihn selbst, weil ihn das Schicksal heiligt.
Nimm doppelt teil: denn er ist unbeteiligt,
und sagst du DU, so sagt er niemals ICH.

## Ankunft

In einer Rose steht dein Bett, Geliebte. Dich selber
(oh ich Schwimmer wider die Strömung des Dufts)
hab ich verloren. So wie dem Leben zuvor
diese (von außen nicht meßbar) dreimal drei Monate sind,
so, nach innen geschlagen, werd ich erst *sein*. Auf einmal,
zwei Jahrtausende vor jenem neuen Geschöpf,
das wir genießen, wenn die Berührung beginnt,
plötzlich: gegen dir über, werd ich im Auge geboren.

## Elegie

*an Marina Zwetajewa-Efron*

O die Verluste ins All, Marina, die stürzenden Sterne!
Wir vermehren es nicht, wohin wir uns werfen, zu
welchem
Sterne hinzu! Im Ganzen ist immer schon alles gezählt.
So auch, wer fällt, vermindert die heilige Zahl nicht.
Jeder verzichtende Sturz stürzt in den Ursprung und heilt.
Wäre denn alles ein Spiel, Wechsel des Gleichen,
Verschiebung,
nirgends ein Name und kaum irgendwo heimisch Gewinn?
Wellen, Marina, wir Meer! Tiefen, Marina, wir Himmel.
Erde, Marina, wir Erde, wir tausendmal Frühling, wie
Lerchen,
die ein ausbrechendes Lied in die Unsichtbarkeit wirft.
Wir beginnens als Jubel, schon übertrifft es uns völlig;
plötzlich, unser Gewicht dreht zur Klage abwärts den Sang.
Aber auch so: Klage? Wäre sie nicht: jüngerer Jubel nach
unten.
Auch die unteren Götter wollen gelobt sein, Marina.
So unschuldig sind Götter, sie warten auf Lob wie die
Schüler.
Loben, du Liebe, laß uns verschwenden mit Lob.
Nichts gehört uns. Wir legen ein wenig die Hand um die
Hälse
ungebrochener Blumen. Ich sah es am Nil in Kôm-Ombo.
So, Marina, die Spende, selber verzichtend, opfern die
Könige.

Wie die Engel gehen und die Türen bezeichnen jener zu
Rettenden,
also rühren wir dieses und dies, scheinbar Zärtliche, an.
Ach wie weit schon Entrückte, ach, wie Zerstreute, Marina,
auch noch beim innigsten Vorwand. Zeichengeber, sonst
nichts.
Dieses leise Geschäft, wo es der Unsrigen einer
nicht mehr erträgt und sich zum Zugriff entschließt,
rächt sich und tötet. Denn daß es tödliche Macht hat,
merkten wir alle an seiner Verhaltung und Zartheit
und an der seltsamen Kraft, die uns aus Lebenden zu
Überlebenden macht. Nicht-Sein. Weißt du's, wie oft
trug uns ein blinder Befehl durch den eisigen Vorraum
neuer Geburt ... Trug: *uns*? Einen Körper aus Augen
unter zahllosen Lidern sich weigernd. Trug das in uns
niedergeworfene Herz eines ganzen Geschlechts. An ein
Zugvogelziel
trug er die Gruppe, das Bild unserer schwebenden
Wandlung.
Liebende dürften, Marina, dürfen soviel nicht
von dem Untergang wissen. Müssen wie neu sein.
Erst ihr Grab ist alt, erst ihr Grab besinnt sich, verdunkelt
unter dem schluchzenden Baum, besinnt sich auf Jeher.
Erst ihr Grab bricht ein; sie selber sind biegsam wie Ruten;
was übermäßig sie biegt, ründet sie reichlich zum Kranz.
Wie sie verwehen im Maiwind! Von der Mitte des Immer,
drin du atmest und ahnst, schließt sie der Augenblick aus.
(O wie begreif ich dich, weibliche Blüte am gleichen
unvergänglichen Strauch. Wie streu ich mich stark in die
Nachtluft,
die dich nächstens bestreift.) Frühe erlernten die Götter
Hälften zu heucheln. Wir in das Kreisen bezogen

füllten zum Ganzen uns an wie die Scheibe des Monds.
Auch in abnehmender Frist, auch in den Wochen der
Wendung
niemand verhülfe uns je wieder zum Vollsein, als der
einsame eigene Gang über der schlaflosen Landschaft.

Wenn Lesen sich auch da als nicht bequem erweist,
sei's ein Begegnen doch mit dieses Geistes Geist.
Aus dem verschlossnen Buch mag soviel übergehn
als wir uns Gegenwart von ferne zugestehn.
Ich sage Gegenwart und meine Gegenwert.
Das Unaussprechliche, das uns von fern vermehrt,
von fern vermindert auch, und fast von ferne bricht:
unwirklicher Besitz und wirklicher Verzicht.

Elizabeth Barrett-Browning

# Sonnets from the Portuguese

## Sonette aus dem Portugiesischen

Übersetzt von

Rainer Maria Rilke

I

I thought once how Theocritus had sung
Of the sweet years, the dear and wished-for years,
Who each one in a gracious hand appears
To bear a gift for mortals, old or young:

And, as I mused it in his antique tongue,
I saw, in gradual vision through my tears,
The sweet, sad years, the melancholy years,
Those of my own life, who by turns had flung

A shadow across me. Straightway I was 'ware,
So weeping, how a mystic Shape did move
Behind me, and drew me backward by the hair;

And a voice said in mastery, while I strove, –
»Guess now who holds thee?« – »Death«, I said. But, there,
The silver answer rang, – »Not Death, but Love.«

I

Und es geschah mir einst, an Theokrit
zu denken, der von jenen süßen Jahren
gesungen hat und wie sie gütig waren
und gebend und geneigt bei jedem Schritt:

und wie ich saß, antikischem Gedicht
nachsinnend, sah ich durch mein Weinen leise
die süßen Jahre, wie sie sich im Kreise
aufstellten, traurig, diese von Verzicht

lichtlosen Jahre: meine Jahre. Da
stand plötzlich jemand hinter mir und riß
aus diesem Weinen mich an meinem Haar.

Und eine Stimme rief, die furchtbar war:
›Rate, wer hält dich so?‹ – ›Der Tod gewiß.‹
– ›Die Liebe‹ – klang es wider, sanft und nah.

## X

Yet, love, mere love, is beautiful indeed
And worthy of acceptation. Fire is bright,
Let temple burn, or flax; an equal light
Leaps in the flame from cedar-plank or weed:

And love is fire. And when I say at need
*I love thee* ... mark! ... *I love thee* – in thy sight
I stand transfigured, glorified aright,
With conscience of the new rays that proceed

Out of my face toward thine. There's nothing low
In love, when love the lowest: meanest creatures
Who love God, God accepts while loving so.

And what I *feel*, across the inferior features
Of what I *am*, doth flash itself, and show
How that great work of Love enhances Nature's.

X

Doch Liebe, einfach Liebe, ist sie nicht
schön und des Nehmens wert? Es strahlt die Flamme,
ob Tempel brennen oder Werg. Es bricht
Licht aus dem Abfall und dem Zedernstamme.

Liebe ist Feuer. Und: Ich liebe dich –
– gib acht –: ich liebe dich – wenn ich das sage,
steh ich verwandelt nicht mit einem Schlage
verklärt vor dir? Ich fühle selbst, wie ich

anscheine dein Gesicht. Wo Liebe je
sich niedrig macht, kann sie nicht niedrig werden:
Gott nimmt Geringe an, die sich gebärden

so wie sie sind. Das, was ich fühle, blendet
über dem Dunkeln, das ich bin: ich seh,
wie Liebe wirkend die Natur vollendet.

## XX

Beloved, my Beloved, when I think
That thou wast in the world a year ago,
What time I sat alone here in the snow
And saw no footprint, heard the silence sink

No moment at thy voice, but, link by link,
Went counting all my chains as if that so
They never could fall off at any blow
Struck by thy possible hand, – why, thus I drink

Of life's great cup of wonder! Wonderful,
Never to feel thee thrill the day or night
With personal act or speech, – nor ever cull

Some prescience of thee with the blossoms white
Thou sawest growing! Atheists are as dull,
Who cannot guess God's presence out of sight.

## XX

Geliebter, mein Geliebter, wenn ich denk
vor einem Jahr –: Da saß ich noch wie eh,
und deine Fußspur war noch nicht im Schnee,
und rings das Schweigen war noch ungelenk,

von deiner Stimme nicht geschult. Ich ließ
die langen Ketten langsam, Glied nach Glied,
durch meine Finger gehn, nicht wissend dies:
daß du schon möglich warst. Wie mir geschieht,

da ich des Lebens tiefes Staunen trinke.
Und wunderlich, daß Tag und Nacht von dir
nicht schon erzitterten. Was gaben mir

die weißen Blumen, die du sahst, nicht Winke?
So zugeschlossen sind, die Gott verneinen
für seine Gegenwart. Ich wars der deinen.

## XLIII

How do I love thee? Let me count the ways.
I love thee to the depth and breadth and height
My soul can reach, when feeling out of sight
For the ends of Being and ideal Grace.

I love thee to the level of everyday's
Most quiet need, by sun and candlelight.
I love thee freely, as men strive for Right;
I love thee purely, as they turn from Praise.

I love thee with the passion put to use
In my old griefs, and with my childhood's faith.
I love thee with a love I seemed to lose

With my lost saints, – I love thee with the breath,
Smiles, tears, of all my life! – and, if God choose,
I shall but love thee better after death.

## XLIII

Wie ich dich liebe? Laß mich zählen wie.
Ich liebe dich so tief, so hoch, so weit,
als meine Seele blindlings reicht, wenn sie
ihr Dasein abfühlt und die Ewigkeit.

Ich liebe dich bis zu dem stillsten Stand,
den jeder Tag erreicht im Lampenschein
oder in Sonne. Frei, im Recht, und rein
wie jene, die vom Ruhm sich abgewandt.

Mit aller Leidenschaft der Leidenszeit
und mit der Kindheit Kraft, die fort war, seit
ich meine Heiligen nicht mehr geliebt.

Mit allem Lächeln, aller Tränennot
und allem Atem. Und wenn Gott es gibt,
will ich dich besser lieben nach dem Tod.

## XLIV

Beloved, thou hast brought me many flowers
Plucked in the garden, all the summer through
And winter, and it seemed as if they grew
In this close room, nor missed the sun and showers.

So, in the like name of that love of ours,
Take back these thoughts which here unfolded too,
And which on warm and cold days I withdrew
From my heart's ground. Indeed, those beds and bowers

Be overgrown with bitter weeds and rue,
And wait thy weeding; yet here's eglantine,
Here's ivy! – take them, as I used to do

Thy flowers, and keep them where they shall not pine.
Instruct thine eyes to keep their colours true,
And tell thy soul, their roots are left in mine.

XLIV

Du hast gewußt mir, mein Geliebter, immer
zu allen Zeiten Blumen herzulegen;
als brauchten sie nicht Sonne und nicht Regen,
gediehen sie in meinem engen Zimmer.

Nun laß mich dir unter dem gleichen Zeichen
die hier erwachsenen Gedanken reichen,
die ich in meines Herzens Jahreszeiten
aufzog und pflückte. In den Beeten streiten

Unkraut und Raute. Du hast viel zu jäten;
doch hier ist Efeu, hier sind wilde Rosen.
Nimm sie, wie ich die deinen nahm, als bäten

sie dich, in deine Augen sie zu schließen.
Und sage deiner Seele, daß die losen
in meiner Seele ihre Wurzeln ließen.

## Editorische Notiz

Die Gedichte dieses Bandes sind folgenden Ausgaben entnommen:

1. Rainer Maria Rilke: *Werke. Kommentierte Ausgabe in vier Bänden.* Hrsg. von Manfred Engel, Ulrich Fülleborn, Horst Nalewski, August Stahl. Band I: *Gedichte 1895 bis 1910.* Band II: *Gedichte 1910–1926.* Hrsg. von Manfred Engel und Ulrich Fülleborn. Frankfurt am Main: Insel Verlag 1996. – Nach dieser Ausgabe zitiert werden die Gedichte aus den Bänden *Larenopfer, Mir zur Feier, Das Stunden-Buch, Das Buch der Bilder, Neue Gedichte, Der neuen Gedichte anderer Teil* sowie die nachgelassenen Gedichte aus den Jahren 1922–1910 (Band I), *Duineser Elegien, Die Sonette an Orpheus* sowie die nachgelassenen Gedichte aus den Jahren 1910–1926 (Band II).

2. Rainer Maria Rilke: *Die Gedichte.* Nach der von Ernst Zinn besorgten Edition der Sämtlichen Werke. 2. Aufl. Frankfurt am Main: Insel Verlag 1986. – Nach dieser Ausgabe zitiert werden die Gedichte aus den Bänden *Traumgekrönt*, *Advent* und *Dir zur Feier*, die in der kommentierten Ausgabe nicht enthalten sind.

3. Elizabeth Barrett-Browning: *Sonnets from the Portuguese. Sonette aus dem Portugiesischen.* Übertragen von Rainer Maria Rilke. Leipzig: Insel Verlag 1959.

Die Gedichte entstammen im Einzelnen folgenden Bänden:

*Larenopfer* (1895): S. 7
*Traumgekrönt* (1896): S. 8–11
*Advent* (1897): S. 12–36
*Dir zur Feier* (1897/98) (Nachlaß): S. 37–58
*Mir zur Feier* (1899): S. 59–63
*Das Stunden-Buch* (1899/1901/1903): S. 64–67
*Das Buch der Bilder* (1902/1906): S. 68–82
*Neue Gedichte* (1907): S. 123–135
*Der Neuen Gedichte anderer Teil* (1908): S. 136–147
*Duineser Elegien* (1923): S. 223–232
*Die Sonette an Orpheus* (1923), Teil I: S. 233–235
Teil II: S. 235–237
Die Gedichte 1906–1910: S. 83–122
Die Gedichte 1910–1922: S. 148–222
Die Gedichte 1922–1926: S. 238–298

## Verzeichnis der Gedichtanfänge und -überschriften

Aber selbst noch durch die Flügeltüren 147
Aber versuchtest du dies 292
Abisag I–II 126
Abschied 130
Abseits im Garten blüht 144
Ach, ach liegt in der Luft 149
Ach, an ihr und ihrem Spiegelbilde 287
Ach, nicht getrennt sein 289
Ach, wie beschäftigt 263
Ach, wie bist du dennoch 266
Achte Antwort 277
Alles ist mir lieb 249
Als ihn der Gott 136
An der sonngewohnten Straße 262
An die Frau Prinzessin M. von B. 86
›An Lou Andreas-Salomé‹ I–III 155
Andere fassen den Wein 244
Ankunft 294
Atmete ich nicht 176
Auch dem blonden Kinde 7
Auf der Flucht ins Unsichtbare 269
Aus der Trübe 203
Aus unendlichen Sehnsüchten 72
Ausgesetzt auf den Bergen 194

Bei dir ist es traut 20
Beloved, my Beloved 304
Beloved, thou hast brought 308
Berühre ruhig mit dem Zauberstabe 256
Bestürz mich, Musik 165
Bilden die Nächte 116
Bist du so müd? 24
Bist du's? 265
Blicke hielten mich hin 157
Briefwechsel in Gedichten mit Erika Mitterer 263

*Das ist die Sehnsucht* 59
Das ist mein Fenster 141

Das Land ist licht 45
Das Lied der Bildsäule 68
Das Rosen-Innere 143
Das war der Seelen wunderliches 132
Das war der Tag der weißen Chrysanthemen 9
Daß ich deiner dächte 218
Daß ich die Früchte 251
Daß ich mich im Grauen 276
Daß nicht dieses länger 175
Daß sich das Herz 282
Daß uns das Sternbild 272
Dein Herz sei wie ein Nest 120
Deine Seele sing ich 152
Deine Stube mit den kühlen 46
Denk, es wäre alles 276
Denk: Sie hätten vielleicht 238
Der dich liebte 101
Der Duft 107
Der König saß und sann 126
Der Pavillon 147
Der Reisende 241
Der Tod der Geliebten 138
*Dich* aber will ich nun 235
Dich aufdenkend wird mein Wesen 168
Dich zu fühlen 190
Die Blätter fallen 76
Die Blinde 78
Die Blume sein 258
Die Braut 70
Die dritte Elegie 226
Die Erblindende 129
Die Gazelle 128
Die Getrennten (Immer noch verlieren) 180
Die Getrennten (Mehr als Verlorene) 106
Die große Nacht 184
Die Kirche ist zu 98
Die Laute 140
Die Liebende (Das ist mein Fenster) 141
Die Liebende (Ja ich sehne mich) 69
Die Liebenden I–VIII 265
Die Liebenden (Folge) 269
Die Liebenden (Sieh, wie sie zu einander) 112
Die Nacht holt heimlich 21
Die siebente Elegie 229
Die Stille 71

Die zweite Elegie 223
Dies ist der Besitz 248
Diese Tage schwanken noch 99
Doch Liebe, einfach Liebe 303
Drei Gedichte aus dem Umkreis: Spiegelungen 286
Du bist nicht bang 78
Du bist so fremd 18
Du, der ichs nicht sage 121
Du, die ich zeitig schon 219
Du, die mir duftet 273
Du duftest aus dir hinaus 118
Du »einig Weiß« 272
Du hast gewußt mir 309
Du im Voraus 183
Du meine Hohe 38
Du nur, einzig du 209
Du siehst, ich will 64
Du willst dir einen Pagen küren? 27
Durch den plötzlich schönen Garten 200

Ehe 85
Ein Händeineinanderlegen 26
Ein junges Mädchen 109
Einen Maitag mit dir 10
Eines ist, die Geliebte 226
Einmal, am Rande des Hains 52
Einmal kam die Frau 253
Einmal möcht ich dich 14
Einmal nahm ich zwischen meine Hände 177
Einmal noch kam 197
Einmal wenn ich dich verlier 146
Einmalige Straße 208
Elegie *an Marina Zwetajewa-Efron* 295
Entsinnen ist da nicht genug 156
Er wußte nur vom Tod 138
Erinnerung 75
Eros 255
Erscheinung 158
Es kann wohl *ein so fernes Ziel* 273
Es könnte sein, daß dir 145
Etwas vom Munde 267

Flutet mir in diese trübe Reise 187
Fragst du mich: Was war 53
Frau und Erlauchte 89
Fremd ist, was deine Lippen sagen 17

Früher, wie oft 5
Fühlst du noch, wie wir 114
Für Heide 270
Für Mimi 213
Fürchte dich nicht 63

Geliebter, den so vieles 110
Geliebter, mein Geliebter 305
Gieb deine Schönheit 77
Graue Liebesschlangen 212
Griechisches Liebesgespräch 111

Halb ruf ich Dich 275
Heb mich aus meines Abfalls 284
Hebend die Blicke vom Buch 186
Herbst 76
Herbsttag 74
Herr: es ist Zeit 74
Heute will ich dir zu Liebe 192
Hier ist ein Spiel 293
Hinschwindende ganz leicht 172
Hinter den schuld-losen Bäumen 171
Hörst du, Geliebte 71
How do I love thee? 306
I thought once how Theocritus 300
Ich bin die Laute 140
Ich bin, du Ängstlicher 65
Ich bin so still 49
Ich bins, Nachtigall 166
Ich geh dir nach 43
Ich ging durch ein Land 33
Ich halts in ruhigen Händen 278
Ich hielt mich überoffen 155
Ich ließ meinen Engel 60
Ich möchte dir ein Liebes schenken 37
Ich möchte jemanden einsingen 73
Ich möchte Purpurstreifen 40
Ich mußte denken unverwandt 16
Ich schreite einsam weiter 55
Im Frühling oder im Traume 11
Immer noch und wie am ersten Tage 108
Immer noch verlieren 180
Immer wieder aus dem Spiegelglase 287
Immer wieder, ob wir der Liebe 207
In deiner Feinheit 12

In einer Rose steht dein Bett 294
In sich blätternder Hain 182
Initiale (Aus unendlichen Sehnsüchten) 72
Initiale (Gieb deine Schönheit) 77
Irgendwo blüht die Blume 285
Ist dieses Bette nicht 125
Ist Schmerz, sobald 173

Ja, früher, wenn ich an dich dachte 32
Ja ich sehne mich nach dir 69
Ja: *jedes Bild ist Mauer* 271
Jeder Engel ist schrecklich 223
Jetzt kommen wieder die Pläne 90
Judith's Rückkehr 154

Kannst du die alten Lieder 35
Kaum wie zu dem Zweiten 269
Keine Stürme sollst Du 279
Keiner begriff mir von euch 137
Klage um Antinous 137
..... komm wann du sollst 161
Könnt es sein! 274
Kore 104
Kore, wie sehnst du dich so 104

La Dame à la Licorne 89
Laß mich nicht an deinen Lippen 196
Laß uns Legenden 240
Leda 136
Lehnen im Abendgarten 13
Leicht verführt sich der Gott 181
Leise hör ich dich rufen 44
Leise ruft der Buchenwald 42
Letzter Abend 131
Letztes ist nicht, daß man 215
Liebende und Leidende 84
Liebesanfang 210
Liebes-Lied 123
Lied für die junge Freundin 277
Lied vom Meer 139
Lösch mir die Augen aus 66

Mädchen, reift dich 217
›Man muß sterben weil man sie kennt‹ 191
Masken! Masken! 255
Mehr als Verlorene 106
Mehr nicht, als das Warmsein 291
Mein Leben ist wie leise See 41
Mir ist, als ob ich alles 57
Mir ist: ich muß dir 23
Mir ist so weh 8
Mir war so weh 28

Nein, Du sollst mir 271
Nein, ich vergesse 250
Neunte Antwort für Erika 1–2 278
Nicht, wie du ihn nennst 170
Nichts blieb so schön 247
Noch Eines 7
Noch fast gleichgültig 261
Noch ruf ich nicht 92
Nun schließe deine Augen 95
Nun wachen wir mit den Erinnerungen 167

O die Verluste ins All 295
O ihr Zärtlichen 233
O Lächeln, erstes Lächeln 210
O schöner Glanz 286
O von Gesicht zu Gesicht 179
O wenn ein Herz 214
O wie bist du jung 102
O wie blüht mein Leib 124
O wie sehnen wir uns 259
O wie sind die Lauben 199
Ob auch die Stunden 39
Oft anstaunt ich dich 184
.. Oft sehn sich unsre Seelen 51
Oft wenn in diesen letzten Jahren 206
Oh du bist schön 119
Oh erhöhe mich nicht! 280
Oh wie fühl ich still 188
Oh wie schälst du mein Herz 189
Opfer 124
Orpheus. Eurydike. Hermes 132
Östliches Taglied 125

Perlen entrollen 159
Persisches Heliotrop 145
Pfauenfeder 12
Purpurrote Rosen binden 25

Rose, du thronende 235
Rose, oh reiner Widerspruch 290
Ruf mich, Geliebter 70

Sag weißt du Liebesnächte 115
Santa Maria a Cetrella I–VII 98
Schläfer, schwarz ist das Naß 154
Schlaflied 146
Schlaf-Mohn 144
Schöne Aglaja 221
Sechste Antwort 271
Sei allem Abschied voran 236
Seit mich mein Engel 61
Sie ist traurig 85
Sie lag. Und ihre Kinderarme 126
Sie saß so wie die anderen 129
Siebente Antwort für Erika 1–9 272
Sieh, Liebende 122
Sieh mich nicht als Stetes 270
Sieh, wie sie zu einander 112
Siehe, ich wußte 198
Sind wirs, Lulu, sind wirs? 195
Singe die Gärten 237
Sinnend von Legende zu Legende 83
So laß uns Abschied nehmen 288
So milde wie Erinnerung 50
So wie eine Türe 148
Sonderbar: Träume 213
Sonett 214
Sonette an Orpheus 233
Spiele 293
Spielt mit Spiegeln der Gott? 266
Starker Stern 246
Sterne hinter Oliven 110

Tagelied 90
Täglich auf weiten Wegen 100
Tränenkrüglein 244

Überfließende Himmel 164
Übersetz mir den Rosenduft 277
.... Und dein Haar 56
Und du warst schön 30
Und du wartest 75
Und es geschah mir einst 301

Und fast ein Mädchen wars 233
Und Nacht und fernes Fahren 131
Und ob ihr mich von Herd und Heimat 54
.... Und sagen sie das Leben 87
Und sieh: ihr Leib 67
Und womit willst Du Glück 270
Unsere Liebe hat keine Gewalten 48
Uraltes Wehn vom Meer 139

Vergiß, vergiß und laß uns 113
Verzauberte: wie kann 128

Wandelt sich rasch 234
Wandle Staubgefäß um Staubgefäß 254
Waren Schritte in dem Heiligtume? 99
Warst Du's, die ich 273
Was der Mann mitbrächte 268
Was für Vorgefühle 220
Was, Geliebte, bist du 169
Was, heute, drängt dich 158
Was hilft es denn 58
Was hilft es uns 275
Was ich schon früh als Geliebter 111
Was sich uns reicht 283
Weißt du, daß ich dir müde Rosen 34
Weißt du, ich will mich 19
Weißt du nicht, wird der Rotdorn 163
Weißt du noch: auf deinem Wiesenplatze 205
Weißt du noch: fallende Sterne 260
Welche Wiesen duften 117
Welt war in dem Antlitz 281
Wenn endlich Drang und Stumpfheit 150
Wenn ich dir ernst 31
Wenn ich so an deinem Antlitz 178
Wenn Lesen sich auch da 298
Wenn wie ein leises Flügelbreiten 15
Wer bist du, Unbegreiflicher 107
Wer ist es, wer mich 68
Werbung nicht mehr 229
Werd ich vergessen? 105

Wie das Gestirn, der Mond 174
Wie der Wasser Oberflächen 201
Wie die Vögel, welche 204
Wie eins von den äußersten 101
Wie geschah es? 252
Wie hab ich das gefühlt 130
Wie ich dich liebe? 307
Wie Kinder, wenn sie genügend 268
Wie man ein Tuch 155
Wie meine Träume 29
Wie rief ich dich 211
Wie sind sie klein 241
Wie soll ich meine Seele halten 123
Wie waren sie verwirrt 216
Wie wenn ich, unter Hundertem 93
Wieviel Abschied 267
Will dir den Frühling zeigen 22
Wir hören seit lange 239
Wir, in den ringenden Nächten 222
Wir lächeln leis 47
Wir sind ganz angstallein 62
Wir *sind* ja. Doch kaum 86
Wir sind nur Mund 245
Wir sollen nicht wissen 257
Wo die Wurzeln ihrer Liebe 202
Wo ist zu diesem Innen 143
Wo sind die Lilien 36

Yet, love, mere love 302

Zum Einschlafen zu sagen 73
Zweite Antwort für E. M. 263